奥瑞斯提亚

〔英〕西蒙·戈德希尔 著

颜 荻 译

Classics & Civilization

生活·讀書·新知 三联书店

Simplified Chinese Copyright © 2018 by SDX Joint Publishing Company.
All Rights Reserved.

本作品简体中文版权由生活·读书·新知三联书店所有。
未经许可，不得翻印。

图书在版编目（CIP）数据

奥瑞斯提亚／（英）西蒙·戈德希尔著；颜荻译．—北京：生活·读书·新知三联书店，2018.2 （2025.3 重印）
（古典与文明）
ISBN 978-7-108-06047-1

Ⅰ.①奥…　Ⅱ.①西…②颜…　Ⅲ.①悲剧-戏剧文学-古典文学研究-古希腊　Ⅳ.①I545.073

中国版本图书馆 CIP 数据核字（2017）第 167673 号

Aeschylus: The Oresteia, by Simon Goldhill
© Cambridge University Press, 2004.

本书由中山大学博雅学院古典学丛书出版计划资助，特此致谢。

责任编辑	王晨晨
装帧设计	蔡立国
责任校对	张国荣
责任印制	李思佳
出版发行	生活·讀書·新知 三联书店
	（北京市东城区美术馆东街 22 号 100010）
网　　址	www.sdxjpc.com
图　　字	01-2015-6087
经　　销	新华书店
印　　刷	北京建宏印刷有限公司
版　　次	2018 年 2 月北京第 1 版
	2025 年 3 月北京第 2 次印刷
开　　本	880 毫米×1092 毫米　1/32　印张 6.5
字　　数	130 千字
印　　数	6,001-6,600 册
定　　价	42.00 元

（印装查询：01064002715；邮购查询：01084010542）

"古典与文明"丛书
总 序

甘阳　吴飞

古典学不是古董学。古典学的生命力植根于历史文明的生长中。进入21世纪以来，中国学界对古典教育与古典研究的兴趣日增并非偶然，而是中国学人走向文明自觉的表现。

西方古典学的学科建设，是在19世纪的德国才得到实现的。但任何一本写西方古典学历史的书，都不会从那个时候才开始写，而是至少从文艺复兴时候开始，甚至一直追溯到希腊化时代乃至古典希腊本身。正如维拉莫威兹所说，西方古典学的本质和意义，在于面对希腊罗马文明，为西方文明注入新的活力。中世纪后期和文艺复兴对西方古典文明的重新发现，是西方文明复兴的前奏。维吉尔之于但丁，罗马共和之于马基雅维利，亚里士多德之于博丹，修昔底德之于霍布斯，希腊科学之于近代科学，都提供了最根本的思考之源。对古代哲学、文学、历史、艺术、科学的大规模而深入的研究，为现代西方文明的思想先驱提供了丰富的资源，使他们获得了思考的动力。可以说，那个时期的古典学术，就是现代西方文明的土壤。数百年古典学术的积累，是现代西方文明的命脉所系。19世纪的古典学科建制，只不过是这一过程的结果。随着现代研究性大学和学科规范的确立，一门规则严谨的古典学学科应运而生。但我们必须看到，西方大学古典学学科的真正基础，乃在于古典教育在中学的普及，特别是拉丁语和古希腊语曾长期为欧洲中学必修，才可能为大学古典学的高深研究源源不断地提供人才。

19世纪古典学的发展不仅在德国而且在整个欧洲都带动了新的一轮文明思考。例如，梅因的《古代法》、巴霍芬的《母权论》、古朗士的《古代城邦》等，都是从古典文明研究出发，在哲学、文献、法学、政治学、历史学、社会学、人类学等领域带来了革命性的影响。尼采的思考也正是这一潮流的产物。20世纪以来弗洛伊德、海德格尔、施特劳斯、福柯等人的思想，无不与他们对古典文明的再思考有关。而20世纪末西方的道德思考重新返回亚里士多德与古典美德伦理学，更显示古典文明始终是现代西方人思考其自身处境的源头。可以说，现代西方文明的每一次自我修正，都离不开对古典文明的深入发掘。正是在这个意义上，古典学绝不仅仅只是象牙塔中的诸多学科之一而已。

由此，中国学界发展古典学的目的，也绝非仅仅只是为学科而学科，更不是以顶礼膜拜的幼稚心态去简单复制一个英美式的古典学科。晚近十余年来"古典学热"的深刻意义在于，中国学者正在克服以往仅从单线发展的现代性来理解西方文明的偏颇，而能日益走向考察西方文明的源头来重新思考古今中西的复杂问题，更重要的是，中国学界现在已经超越了"五四"以来全面反传统的心态惯习，正在以最大的敬意重新认识中国文明的古典源头。对中外古典的重视意味着现代中国思想界的逐渐成熟和从容，意味着中国学者已经能够从更纵深的视野思考世界文明。正因为如此，我们在高度重视西方古典学丰厚成果的同时，也要看到西方古典学的局限性和多元性。所谓局限性是指，英美大学的古典学系传统上大多只研究古希腊罗马，而其他古典文明研究例如亚述学、埃及学、波斯学、印度学、汉学以及犹太学等，则都被排除在古典学系以外而被看作所谓东方学等等。这样的学科划分绝非天经地义，因为法国和意大利等的现代古典学就与英美有所不同。例如，著名的西方古典学重镇，韦尔南创立的法国"古代社会比较研究中心"，不仅是古希腊研究的重镇，而且广泛包括埃及学、亚述学、汉学乃至非洲学等各方面专家，在空间上大大突破了古希腊罗马的范围。而意大利的古典学研究，则由于意大利历史的特殊性，往往在时间上不完全限于古希腊罗马的时段，而与中世纪及文艺复兴研究多有关联（即使在英美，由于晚近以来所谓"接受研究"成为古典学的显学，也使得古典学的研究边界越来越超出传统的古希腊罗马时期）。

从长远看，中国古典学的未来发展在空间意识上更应参考法国古典学，不仅要研究古希腊罗马，同样也应包括其他的古典文明传统，如此方能参详比较，对全人类的古典文明有更深刻的认识。而在时间意识上，由于中国自身古典学传统的源远流长，更不宜局限于某个历史时期，而应从中国古典学的固有传统出发确定其内在核心。我们应该看到，古典中国的命运与古典西方的命运截然不同。与古希腊文字和典籍在欧洲被遗忘上千年的文明中断相比较，秦火对古代典籍的摧残并未造成中国古典文明的长期中断。汉代对古代典籍的挖掘与整理，对古代文字与制度的考证和辨识，为新兴的政治社会制度灌注了古典的文明精神，堪称"中国古典学的奠基时代"。以今古文经书以及贾逵、马融、卢植、郑玄、服虔、何休、王肃等人的经注为主干，包括司马迁对古史的整理、刘向父子编辑整理的大量子学和其他文献，奠定了一个有着丰富内涵的中国古典学体系。而今古文之间的争论，不同诠释传统之间的较量，乃至学术与政治之间错综复杂的关系，都是古典学术传统的丰富性和内在张力的体现。没有这样一个古典学传统，我们就无法理解自秦汉至隋唐的辉煌文明。

从晚唐到两宋，无论政治图景、社会结构，还是文化格局，都发生了重大变化，旧有的文化和社会模式已然式微，中国社会面临新的文明危机，于是开启了新的一轮古典学重建。首先以古文运动开端，然后是大量新的经解，随后又有士大夫群体仿照古典的模式建立义田、乡约、祠堂，出现了以《周礼》为蓝本的轰轰烈烈的变法；更有众多大师努力诠释新的义理体系和修身模式，理学一脉逐渐展现出其强大的生命力，最终胜出，成为其后数百年新的文明模式。称之为"中国的第二次古典学时代"，或不为过。这次古典重建与汉代那次虽有诸多不同，但同样离不开对三代经典的重新诠释和整理，其结果是一方面确定了十三经体系，另一方面将"四书"立为新的经典。朱子除了为"四书"做章句之外，还对《周易》《诗经》《仪礼》《楚辞》等先秦文献都做出了新的诠释，开创了一个新的解释传统，并按照这种诠释编辑《家礼》，使这种新的文明理解落实到了社会生活当中。可以看到，宋明之间的文明架构，仍然是建立在对古典思想的重新诠释上。

在明末清初的大变局之后，清代开始了新的古典学重建，或可称为"中国的第三次古典学时代"：无论清初诸遗老，还是乾嘉盛时的各位大师，虽然学问做法未必相同，但都以重新理解三代为目标，以汉宋两大古典学传统的异同为入手点。在辨别真伪、考索音训、追溯典章等各方面，清代都取得了巨大的成就，不仅成为几千年传统学术的一大总结，而且可以说确立了中国古典学研究的基本规范。前代习以为常的望文生义之说，经过清人的梳理之后，已经很难再成为严肃的学术话题；对于清人判为伪书的典籍，诚然有争论的空间，但若提不出强有力的理由，就很难再被随意使用。在这些方面，清代古典学与西方19世纪德国古典学的工作性质有惊人的相似之处。清人对《尚书》《周易》《诗经》《三礼》《春秋》等经籍的研究，对《庄子》《墨子》《荀子》《韩非子》《春秋繁露》等书的整理，在文字学、音韵学、版本目录学等方面的成就，都是后人无法绕开的必读著作，更何况《四库全书总目提要》成为古代学术的总纲。而民国以后的古典研究，基本是清人工作的延续和发展。

我们不妨说，汉、宋两大古典学传统为中国的古典学研究提供了范例，清人的古典学成就则确立了中国古典学的基本规范。中国今日及今后的古典学研究，自当首先以自觉继承中国"三次古典学时代"的传统和成就为己任，同时汲取现代学术的成果，并与西方古典学等参照比较，以期推陈出新。这里有必要强调，任何把古典学封闭化甚至神秘化的倾向都无助于古典学的发展。古典学固然以"语文学"（philology）的训练为基础，但古典学研究的问题意识、研究路径以及研究方法等，往往并非来自古典学内部而是来自外部，晚近数十年来西方古典学早已被女性主义等各种外部来的学术思想和方法所渗透占领，仅仅是最新的例证而已。历史地看，无论中国还是西方，所谓考据与义理的张力其实是古典学的常态甚至是其内在动力。古典学研究一方面必须以扎实的语文学训练为基础，但另一方面，古典学的发展和新问题的提出总是与时代的大问题相关，总是指向更大的义理问题，指向对古典文明提出新的解释和开展。

中国今日正在走向重建古典学的第四个历史新阶段，中国的文明复兴需要对中国和世界的古典文明做出新的理解和解释。客观地说，这一轮古典学的兴起首先是由引进西方古典学带动的，刘小枫和甘阳教授主编的"经典与解释"丛书在短短十五年间（2000—2015年）出版了三百五十余种重要译著，为中国学界了解西方古典学奠定了基础，同时也为发掘中国自身的古典学传统提供了参照。但我们必须看到，自清末民初以来虽然古典学的研究仍有延续，但古典教育则因为全盘反传统的笼罩而几乎全面中断，以致今日中国的古典学基础以及整体人文学术基础都仍然相当薄弱。在西方古典学和其他古典文明研究方面,国内的积累更是薄弱,一切都只是刚刚起步而已。因此,今日推动古典学发展的当务之急,首在大力推动古典教育的发展,只有当整个社会特别是中国大学都自觉地把古典教育作为人格培养和文明复兴的基础,中国的古典学高深研究方能植根于中国文明的土壤之中生生不息茁壮成长。这套"古典与文明"丛书愿与中国的古典教育和古典研究同步成长!

2017年6月1日于北京

目 录

中文版前言 *1*

原版前言 *2*

年　表 *4*

第一章　戏剧与雅典城邦　1

1. polis的背景　*1*
2. 民主制的背景　*9*
3. 节庆的背景　*15*
4. 戏剧的背景　*21*

第二章　《奥瑞斯提亚》　25

5. 引言：情节与构思　*25*

   为城邦而立的宪章？

6. 复仇：秩序与僭越　*31*
7. 女人是杀男人的凶手……　*44*
8. 荷马与埃斯库罗斯：为现在重写过去　*54*

凡人之患

9. 语言与掌控：劝说的暴力 64

10. 预言、恐惧以及过去的影响 72

11. 秩序的意象 80

12. 诸神体系 88

诗体的文本

13. 强烈的吟唱预言 98

14. 暴力的交流：戏剧性的对话 104

15. 政治性修辞 110

第三章 《奥瑞斯提亚》的影响 116

16. 从索福克勒斯到女性运动 116

进一步阅读指南 125

附录 索福克勒斯戏剧中的解脱：*Lusis*与对反讽的分析 133

译后记 188

中文版前言

我非常高兴这本关于《奥瑞斯提亚》的小书中文版面世，十分感谢颜荻的翻译。《奥瑞斯提亚》是西方文化的奠基性作品，它不仅给予剧作家与其他艺术家灵感，而且在几百年里也同样启发了政治思想家。它是最复杂的诗歌戏剧，充满着复杂的诗行，洋溢着激昂的吟唱，还有着强有力的戏剧行动以及诸多在人们内心留下深刻烙印的形象。自城邦文化之始，亦即自民主与公共讨论之始，这部作品就在舞台上为我们提出了一个核心问题，即我们如何理解正义、复仇、暴力以及人们对社会、对彼此的责任。我用多年时间反思、教学这部作品：能使此剧的思想为又一批新的观众所了解，我对此感到由衷欣慰。

西蒙·戈德希尔
2015 年 2 月 17 日

原版前言

很少有作品比埃斯库罗斯的三连剧《奥瑞斯提亚》(*The Oresteia*)更适合里程碑系列丛书(Landmark series)。这部作品自第一次公演开始就成为一个里程碑,因为它被认作一位剧作家最成功的作品,这位剧作家被公认为是古典时期雅典悲剧昌盛的领袖人物,他至今仍是。《奥瑞斯提亚》对于希腊人自身而言首先就是有史以来最具影响力的悲剧。其戏剧的技艺,叙事的开展以及繁复的诗句改变了希腊而至欧洲戏剧的进程。它也是欧里庇得斯和索福克勒斯,这两位同样在公元前五世纪享有盛名的悲剧作家一次次表示敬意、与其竞争、对其模仿的作品。西方的戏剧起源于此。

更重要的是,尤其自浪漫时期开始,《奥瑞斯提亚》对欧洲文化生产有着持续而有力的影响。它是瓦格纳在《尼伯龙根的指环》(*Ring*)中尽力呼应的作品;对马克思和恩格斯而言,它则是他们发展关于家庭、私有财产和国家理论的核心文本;艾略特(T. S. Eliot)、萨特和奥尼尔(O'Neill)提供了不同的版本;尼采和黑格尔将它作为他们著作中的重要例证;从凯特·米利特(Kate Millett)到埃伦娜·西苏(Hélène Cixous),它又成为女性主义者文化政治的重要文献。最近几年，这部剧在巴黎、柏林和伦敦引人注目的翻演又引起了新一批观众的争论。《奥瑞斯提亚》不是一个被封存的纪念碑，而是持续深入地参与时代的话语场所。

然而《奥瑞斯提亚》并不好读。它最早在公元前458年为雅典人而作，而这一差异——时间与文化的——造成了读者主要的障碍。这部剧诞生于与任何现代戏剧都不同的戏剧、政治和社会环境之下。不仅演出时的音乐、动作以及表演的技巧不得而知——尽管有许多尝试去解读，但我们不能确信无疑地做任何复原——而且我们用现代戏剧体验来设想古代戏剧其本身也很可能极大地歪曲了它。这部剧最初只在城邦节庆的一天上演，向一位神祇狄奥尼索斯致敬；这是一个据说整个城邦——主要是成年人，具有政治权利的男性——参与的节日。这个城邦，雅典，此时正在发展第一个而且在多方面都最为激进的民主体制，而我们将看到，悲剧演出则是这个政治进程的一部分。因而，本书的第一章将会考察雅典悲剧的不同背景，以探讨古典文化及其下面的分支怎样为《奥瑞斯提亚》的创作提供了特殊的条件。

然而，即便在这些背景之下，此剧因其复杂的叙述模式和佶屈的诗歌风格而同样难读。因此在第二章，我将从三连剧的叙事中开辟一条道路，其中包含对戏剧文本的细节分析，从而展现埃斯库罗斯语言的复杂性。总之，我希望这些讨论有助于现代读者迈出阅读的第一步，去发现《奥瑞斯提亚》为何成为戏剧创作史上最伟大的作品之一。

年　表

时间（B.C.）	埃斯库罗斯生平及作品	雅典历史与文化事件
528/7		僭主希庇阿斯（Hippias）继承庇西特拉图（Peisistratus）
525/4	生于伊洛西斯城（Eleusis）	
507		克里斯提尼（Cleisthenes）民主改革
? 499	创作第一个戏剧作品	东地中海地区，伊奥尼亚人（Ionian）反叛波斯帝国
490	参加马拉松战役，其兄西尼盖罗斯（Cynegeiros）战死	波斯人进军希腊，雅典人在马拉松战役中战胜波斯人
484	第一次在悲剧竞赛中获胜	
483		德米斯托克利斯（Themistocles）说服雅典人建造巨型战舰
480	可能参加了萨拉米斯（Salamis）之战	波斯国王薛西斯（Xerxes）进军希腊；温泉关（Thermopylae）之战，阿提密西安（Artemisium）之战，萨拉米斯之战；雅典陷落
479		希腊人最终战胜波斯人
478		雅典建立提洛同盟（Delian League）
? 476	游历西西里，为叙拉古（Syracuse）僭主希埃隆（Hieron）创作戏剧	

续表

时间（B.C.）	埃斯库罗斯生平及作品	雅典历史与文化事件
472	包括《波斯人》在内的三连剧获得第一名；受伯里克利资助创作	
470	返回西西里，在那里上演《波斯人》	提洛同盟中纳克索斯（Naxos）反叛。雅典出台强硬条款
468		索福克勒斯在悲剧竞赛中获得第一名
467	包括《七将攻忒拜》的三连剧获得第一名	
? 463	包括《乞援女》的三连剧获得第一名	
462		埃菲阿尔特斯（Ephialtes）改革
461		埃菲阿尔特斯被刺杀。西蒙（Cimon）被放逐
460		雅典人远征埃及
458	以《奥瑞斯提亚》夺得悲剧竞赛第一名（第18次，也是最后一次）	
456	在西西里的杰拉（Gela）去世	
455		欧里庇得斯创作第一部戏剧
454		提洛同盟的钱库转移到雅典
451		伯里克利的公民法
447		帕特农神庙动工
431		伯罗奔尼撒战争开始
429		伯里克利去世
404		雅典在伯罗奔尼撒战争中战败

第一章　戏剧与雅典城邦

> 城邦之外非神即兽。
> ——亚里士多德

所有现存的悲剧都为公元前五世纪的雅典而写，也都在那里第一次上演。要了解悲剧，就需要理解雅典的文化与历史框架。在本章中，我将讨论悲剧这一文体的四个基本背景。

1. polis 的背景

让我们以希腊语中一个必不可少的词开始：polis（复数：poleis）。我必须将这个希腊单词转写出来，因为没有一种翻译——当然常规翻译为"城市"(city)或城邦(city-state)也没办法——捕捉到由这一希腊词汇所引发的政治、空间、宗教、历史以及社会的复杂含义。我简要地用现代词汇中"政治"(political)一词说明这一问题，它发源于希腊词"与 polis 相关的"。我想对于许多现代读者而言，"政治"这个词意味着它或多或少都在狭义上与政府、机构和意识形态纲领相关——比如"让政治远离体育"①。然而希腊的 polis 却指人类存在的处境（正如本章题词所表明的），"与 polis 相关的"——政治的——涵盖的是一个公民生活的方方面面。（因此"个人即政治"② 这种口号在公元前五世纪是无人信奉的，人们不会相信一个人的体育成就与他的公民身份还有他的 polis 整体上无关。）正如亚里士多德精妙地写道"人是政治的动物"——他的意思是"人必须而且本来就生活在 polis 之中"。希腊悲剧就是如此 polis 生活的一部分，又同时对观众作为一种"政治动物"的存在进行着不断的反思。这是我想讨论的 polis 的重要背景框架。

我的讨论将不可避免地集中在雅典这个某种程度上非典型的 polis 上。不过，我在本章的第一节中将尽量展现雅典 polis 与公元前五世纪 polis 共通的方面。作为开篇，我将首先非常简要地说一说公元前五世纪，这个 polis 史上的特殊时期。

纵横整个希腊地区，公元前五世纪都是一个政治变迁极为迅速和剧烈的时代。之前几个世纪兴起的很大程度上自治的不同共同体都在此时同时面临着三方面的压力。首先，就 polis 内部的经济和社会纽带而言，许多 poleis 都在富有的地主精英与普罗大众的冲突中瓦解了。古代的评论家描述了

---

① "让政治远离体育"（keep politics out of sport）是奥运会的宣传标语。——译注
② "个人即政治"，也被称为"私人的即政治的"，它是二十世纪六十年代学生运动和第二波女权主义浪潮的召集性口号。——译注

一系列政治剧变：从寡头制（少数人统治），到僭主制（一个人统治），再到民主制（多数人的统治）。因此，在公元前六世纪末，雅典由僭主庇西特拉图（Peisistratus）统治，他的儿子希庇阿斯（Hippias）继承了他；但在公元前507年，也就是多年的分裂之后，克里斯提尼（Cleisthenes）的改革建立了第一个民主制度，这个制度为雅典在公元前五世纪大部分时期的统治提供了道路，我将在本章下一节中对此详细讨论。不过，或许最值得注意的，不仅是发生在这一时期的政治激变，还有随之而来的，人们展开了一场激烈、公开而复杂的论辩，来讨论这些政治变化的过程和原则。这充满交锋的自我省察与自我批判确实被看作公元前五世纪那场著名的启蒙运动的决定性因素——在公元前五世纪，艺术、科学、医学和哲学上重要的萌芽都集中在雅典（Lloyd, 1987）。的确，正如我们将会看到的，悲剧习俗尤其是《奥瑞斯提亚》，就首先被看作这一延续的关于城邦内部政治发展的公开论辩的一部分。

polis 面临的第二重压力来自东方。从公元前五世纪开始，希腊城邦，特别是小亚细亚的伊奥尼亚城邦（Ionian cities），都受制于波斯帝国的统治。不过尽管波斯军队数量是希腊的两倍，它的进攻也被希腊击退了，特别在公元前490年的马拉松战役（Marathon）中，雅典人发挥了头领的作用，埃斯库罗斯也参加了这场战役。在公元前480—前479年，又发生了一系列的战争，其中萨拉米斯海战（Salamis）与普拉提亚战役（Plataia）成为决定性的战争。埃斯库罗斯很有可能参加了萨拉米斯战役，所以他现存最早的作品《波斯人》就从战败的波斯人的视角将波斯远征和希波海战戏剧性地表现出来。与波斯的对战促进了希腊人对"希腊性"（与"野蛮"相对）的强化——却也充满争议——的理解，它也同时激起了希腊内部关于对待外邦人的政策以及外邦人自由问题的热烈的政治讨论。《奥瑞斯提亚》，像诸多悲剧一样，带有希腊对抗特洛亚（东方的"野蛮人"）的战争背景，而这部剧的结局则是希腊雅典 polis 完胜，对抗淡出城邦。因而同样，这个悲剧发生的重要政治背景是希腊与东方的冲突。

第三重压力——部分是波斯战败的结果——是希腊世界内部雅典帝国主义与斯巴达帝国主义的兴起与冲突。德米斯托克利斯（Themistocles）曾劝说雅典人用劳累恩（Laureion）新银矿的收益来投资建设巨型军舰（它促成了萨拉米斯胜利）。在波斯的威胁减小后，雅典推动组成了提洛同盟（Delian League），目的是共同防御波斯以及处理波斯的赔款。而后雅典迅速称霸，在公元前454年，也就是《奥瑞斯提亚》演出四年之后，雅典却将同盟的钱库从提洛岛（Delos）全数转移到了雅典卫城。正是在雅典卫城里，伯里克利劝说议事会用这笔钱来装扮雅典——帕特农神庙是这一行动中最著名的产物——而且，更重要的是，他要用这笔钱来支持地中海地区不断兴起的帝国主义运动（因为这些"同盟"在雅典控制下逐渐都成为进贡城邦）。这导致雅典与斯巴达发生了矛盾，而在公元前五世纪的后半期，雅典与斯巴达便一直冲突不断——这就是伯罗奔尼撒战争（Peloponnesian War）。我们现存的悲剧作品也与雅典帝国的扩张——以及败落——发生在同一个时期，雅典帝国对整个希腊世界都发生了影响。

整个公元前五世纪都在内部分化、poleis之间以及希腊与邻邦之间的外部冲突中度过。然而，polis的内乱因素不仅在于谁应该领导政府部门，而且还在于对"公民"（polites）的界定。公民身份意味着归属、意味着是城邦内的人，而且公民与非公民的权益、身份与地位都截然不同。法律上对公民身份的界定是不断引起争议的——我们知道有一些公元前四世纪的法律案件恰恰驳斥了雅典的说法——不过作为一名公民也同时意味着一系列更广泛的意义，这些意义都是从男性、成年人与希腊人这几个标准展开的。（正如苏格拉底用希腊人典型的对立观念所宣称的："感谢神，我生下来就是一个人而不是一个动物，一个男人而不是一个女人，一个希腊人而不是一个野蛮人。"）因此，在雅典，只有成年男性才能成为公民［女人甚至不是"雅典人"（Athenians）而只是"阿提卡的女人"（women of Attica）］；伯里克利在公元前451年制定了一部法律，这部法律规定只有一个人的父亲是公民而他的母亲同时是公民的女儿时，这个人才是公民。这一法律不仅大大地限制了公民的资格，而且也实际上使不同poleis的人之间的联姻成为非法的结合（因此也就破坏了整个希腊地区贵族联姻的传统纽带）。公民与非公民的区别在雅典尤其重要，因为作为希腊主要的商业和文化中心，这个地方有

第一章　戏剧与雅典城邦　5

着人数巨大的外邦人（metics）和奴隶。

公民身份首先也最为重要的是，它意味着对polis的责任与义务。一个人的行动应造福polis，而polis也从个人的成功中获益，这是一个不断被强调的理想。一个人应该随时准备为他的polis战斗、牺牲，这是普遍认识和接受的观念。人们也理所当然地认为polis的共同体是宗教、商业、社会生活必不可少的基础。的的确确，对polis的义务的意识形态无处不在、坚不可摧，甚至（特别是）在整个公元前五世纪的叛乱与民事纷争中，它都仍是一种对行为的标准解释原则。因此，成为公民（polites），就是在任何意义上成为polis中的人。

在公民身份、出生与城邦内在关联的背景下，我们便不会惊讶polis与土地有着密切的联系（Osborne）。其至雅典这个最大的社会之一，也首先仍然是一个农业社会——从城中心走路便可抵达城邦最远的疆土（约70千米）。Polis通常占有中心地带，这些中心都具有明显的宗教或军事意义，而在希腊几乎没有任何房地产市场。因此，去到另一个城邦意味着要么成为一个权利大大受限的外来居住者，要么被驱逐。而作为一名公民则意味着他与polis的土地——父邦（fatherland）——有着必不可少的关联。

大部分宗教生活也都是关于polis的：神庙，公共献祭还有节庆（雅典声称其拥有比任何polis都要多的节庆）（Easterling and Muir）。建筑、宗教庆典还有神话不仅通过共同的活动与空间将polis塑造为一个共同体，同时它们也反映、传播并且强化了城邦的共同价值观（Vernant, 1980; Gordon; Vernant, 1983; Vidal-Naquet）。例如，在帕特农神庙的雕刻中，呈现的是祭祀中的雅典社会以及并列着的两个神话主题的图像，这绝非偶然。这两个神话主题一个是亚马逊人（Amazons）——野蛮的女人——在战斗中被忒修斯（Theseus）打败；忒修斯是雅典的国王，他第一个将雅典建立为一个 polis；另一个是半人马——半兽半人——与开化了的拉皮泰族人（Lapiths）的战斗。雅典的文明社会及其价值观就是在击败代表着野蛮与僭越的各式各样的形象中被环绕、构建与定义的（Tyrrell）。由于亚马逊人日益与东方的野蛮人相关联（特别在这样的肖像画中），因此再现文明雅典的胜利就更进一步地强化了 polis 宗教与政治间的重大联系。

因此，作为公民还意味着拥有（共同的）polis 的历史。对于雅典人而言，马拉松战役中打败波斯人就迅速成为一个他们界定自我的故事，在那场战役中，少数的、坚强的、训练有素的、遵守纪律的希腊人打败了柔弱的、目无法纪的、富裕的、人数众多的东方人。同样，城邦的建立也在公民身份的表述中展开：雅典人详述了他们第一批在阿提卡的居民是怎样从地里生出来的。不仅女人在起源神话中被规避了——正如我们看到的，女人不能是雅典的公民——而且公民与 polis 土地的必不可少的联系在此获得了"特权神话"，这个神话告诉人们公民是怎样在整体意义上"属于土地"。公民共同体在某种程度上就这样通过 polis 一个共同的历史神话来定义自身。

同样，polis 也不可避免的是社会生活的中心。市场——agorá——是交换的中心场所——交换的事物有货物、金钱、闲聊还有宗教。成年男子通常在此度过他们悠闲的时光。健身房成为希腊文化在其他环地中海文化眼中的有力象征：在这里，公民裸体训练（完全非东方的概念）、竞赛（社会身份，而不仅仅是体育）、结合（社会结盟与情爱勾兑）。这是 polis 的另一个公共空间。共同体以及参与的概念，即我所谓的"对 polis 的义务"，弥漫在整个公元前五世纪的社会罗网中。

总而言之，对于公元前五世纪的希腊而言，有一个普遍接受的原则便是"好的生活只有在 polis 中才是可能的，好人或多或少与好公民同义，而奴隶、女人和野蛮人则本质上低人一等，因而他们也在所有讨论中被排除了"（Finley）。不过另一个好生活的条件则立马显得必要了，我在此需要将另一个希腊词语引入讨论：oikos。oikos 通常被翻译为"家庭"（household），它表示的是物质性的房屋、家的概念还有家庭成员（活着的和死去的人，奴隶人和自由人）；同时，它也表示土地、粮食和动产。oikos 被反复申明的一个典范是它的连续性：经济保障的连续性，繁育合法子嗣的连续性，空间上长时间占据同一片土地的连续性（因此也就没有我先前提到的房地产市场）。oikos 连续性的典范是希腊文化生活中最持久，也最具约束力的规范之一。oikos 是公民私人生活的处所，而我们也将看到，公民对 polis 的义务的意识形态越是发展，特别是在雅典激进的民主制中，polis 的观念与 oikos

的观念就越是处于冲突之中。《奥瑞斯提亚》始于家庭之中，之后却到了城邦的法庭上，这部剧就贯穿了公元前五世纪文化中 oikos 与 polis 这两个权威场所之间的张力。

在我目前的讨论中，我沿着开头提到的现代分类粗略地展开——政治的、空间的、宗教的、历史的和社会的。在某种程度上，我希望展示，那些看上去自然的、现代的类别是如何与 polis 这一个概念不可避免地重合并相互关联的。因此，例如我提及的地生人神话就建构了一个叙事，这个叙事包含了城邦的宗教观念、历史、地域与公民含义，以及这一关于权力与性别的叙事的社会意义。更简单地说，它就是为 polis 存在，是属于 polis 的神话。

2. 民主制的背景

然而，雅典不是一个普通的 polis。它不仅人口众多、地域广阔、野心勃勃，而且其激进的民主制在整个公元前五世纪都影响着雅典文化的方方面面。因此，现在我希望转向对民主制背景的讨论。

我并不打算完整地叙述民主改革的历史或民主机构的构成。相关解释很容易在雅典历史的各个时期中找到（Forrest; Manville; Sinclair; Ober; Hansen）。不过在讨论民主与悲剧的关系前，我将简单讲一讲雅典民主的发展与体制。

尽管民主制缓慢地、艰难地出现，其政策与机构几经变迁，但克里斯提尼（Cleisthenes）的改革却标志着一个重大的转折。我们很难确切地知道克里斯提尼改革时所面对的本地机构的种类——例如，村、宗族、宗教组织——不过有一点是明确的，即他完全重组了阿提卡地区的社会政治结构。首先他组织并划定了公民组成德莫（demes）的范围（有139个或140个德莫，最后发展到了174个）。德莫是一种当地组织形式，它基于地域但也不可避免地基于宗族关系划分。在德莫的名册中登记则成为公民身份一个必要标准。当地政治与文化生活的其他方面都通过德莫来组织。的确，从这时起，公民所属的德莫就连同父姓一起，来指称一个人的全名，这成为一种标准的方式。[例如，埃斯库罗斯的全名是埃斯库罗斯·游弗西诺斯·艾留西斯（*Aiskhulos Euphorionos Eleusinieus*），"埃斯库罗斯，游弗西诺斯的儿子，属于艾留西斯德莫"。] 因此德莫迅速地成为雅典社会结构的基本单位并延续下来。

克里斯提尼还建立了10个部落（tribes）。每个德莫都被指派给一个部落；每个部落被刻意创立为几乎同等的大小，并且每个部落都有来自阿提卡三个不同地区的德莫，即城邦地区、沿海地区和内陆地区。因而部落主要用于扩大阿提卡各个地区的联盟并减少他们之间的冲突。

主要的决策机构与立法主体是议事会（Assembly），每个公民都有权参加。议事会在辩论后，对所有政策进行投票（一位公民一票）。每次辩论都由一句著名的程式性的话语开始，"谁希望讲话？"这句话意味着每一个公民，不论贫富、出身和地位都有同等的权利对公众讲话——这是民主原则的基石（即使实践中，一些公民显得比其他另一些要更平等……）。议事会的工作由500位公民组成的委员会（Council）负责，这些公民都超过30岁，每年通过选举产生，与雅典绝大多数官员一样是抽签选举。职位是不可延续的（每个公民只能担任两次，而且不能连任）；有强制规定议员必须来自各个地区；所有的官员在其任期结束时都需要做详细的报告。委员会同样负责实施议事会的决议，行政的委员会与政策制定的议事会的平衡对于民主制的实施必不可少。

法律机关对民主制也十分重要。自公元前462年埃菲阿尔特斯改革后，在这个好辩的社会中绝大多数法律案件都在大众法庭上审理。这些法庭里，陪审员是从6000名志愿者中抽签选举的，城邦付给他们薪水。法律面前所有公民平等以及城邦法律具有约束力的权威是民主制意识形态的核心要旨。对这一信条的实施最著名的例子是苏格拉底，他被宣判有罪后选择留在狱中被处死而不是被放逐以保平安，因为这僭越了法律权威。民主制，与被宣传的法律一同，由大众按照公共的一致意见来执行；民主制把自己典型地描画为对僭主制这种一人独裁统治的极端抵制。因此，民主制与法律程序的公开化被构建为相互牵连、相互授权的机制。

尽管我们不应低估那些贫穷或边远地区的公民想要完全参与政府机构运作时会面临的困难，但广泛的公民参与对管理城邦而言仍是绝对必要的（Sinclair; Hansen; Ober）。不仅即将参战的士兵和船员能够参与讨论诸如宣战一类的头等大事，而且每十年，四分之一到三分之一的公民都能参与委员会这样的政府行政部门的事务。由于没有官僚与等级，官员由抽签产生，而且官员直接维护并实施法律，因此这个直接民主制与现代西方典型的政府相去甚远。我所谓的公元前五世纪时期的基本意识形态，即"*polis* 的义务"，在雅典的民主制中达到了其制度的顶峰。

上文提到过的一个标准的观念，就是公民应随时准备为 *polis* 战斗与牺牲（就如埃斯库罗斯的确参加了马拉松战役，还可能参加了萨拉米斯战役）。我们一定不能忘记雅典在很大程度上是一个战士的社会，其尚武精神在整个公元前五世纪都与民主制深刻关联。雅典有一支巨大的公民军队——在公元前五世纪的绝大部分时期，要参军首先需要是一个公民；成为公民意味着要承担 *polis* 的军事活动。我已经指出，宣战的事宜是由即将参战的士兵在议事会上讨论通过的；令人吃惊的是议事会的成员几乎在公元前五世纪的每一年都投票宣战而且没有任何连续的两年是没有战役的。"战争之于男人就如婚姻之于女人"，韦尔南（Vernant）这样描述公元前五世纪的雅典人——他的意思是战争给男人提供了一个机制，他们借由这个机制成为一个完全意义上的人，可以与他的同胞一同站在战斗的前线（就像婚姻和生育对于"女人"这一头衔是标配一样）。在民主雅典，战争是另一个必要的因素，它定义了 *polites*，也就是 *polis* 的人（man）。

接下来，尤其值得探究的是，"对 *polis* 的义务"是如何与直接民主体系中的义务以及雅典尚武精神相结合，从而衍生出遍布于雅典民主各个机构、话语与活动的集体军事意识形态的。有一个制度有力地表明了这种意识形态，那就是为战死沙场的士兵们举行的集体葬礼（Loraux）。在传统希腊社会，葬礼是家庭的事务。但至少从公元前470年开始，那些为城邦战斗牺牲的人开始拥有集体葬礼，他们以部落为单位，由马车抬往墓地。刻碑者竖起墓碑，碑上只有那些死者的名字，而没有他们父亲或德莫的名字，这些名字原本通常是死者身份的一个标记。死者单单作为雅典的公民被埋葬。城邦里所有的人都可以来参加葬礼，城邦选出一位演说家向人们发表演说。

现存最著名的葬礼演讲的例子是修昔底德在《伯罗奔尼撒战争史》（II.35–46）中记述的伯里克利的葬礼演说，这个演说不断被用来说明大众对于民主意识形态的典型设想。的确，当伯里克利说雅典公民"我们所有人都适于判断……我们每一个人都愿意战斗与牺牲"，他便成功地强化了我刚才提到的议事会、法律、海军和陆军的民主的战斗口号。同样，他声称，"我们遵循我们所选择的权威者，我们遵循法律本身"，以及"当私人纠纷成问题时，人人在法律面前平等"，这就像"只要服务于城邦，没有一个人会因为贫穷而被政治拒之门外"。的确，对政治参与的要求就是如此，所以"我们不说一个不关心 polis 事务的人是在关心他自己的事，我们说他在这里根本没事可做"。因此，伯里克利的讲辞赞扬雅典的政治体系是"对全希腊的教育"，然后他便长篇大论地将雅典这个政治体系与其敌人斯巴达的政治体系相对比。然而，在整个伯里克利的讲辞中并没有提到任何一个个体，也没有指出个体的骁勇功绩。这篇演讲将城邦作为一个集体来赞颂，这是一个集体的事业，"这就是这样一个城邦，人们不能想象失去她，他们都为之高贵地战斗、高贵地死去。自然，我们每个幸存的人都应当愿意在服役时经受磨难"。因此，无论是为那些为 polis 战斗而牺牲的公民举行的葬礼，还是葬礼中的演说，都投射并宣传了民主雅典的集体观念。

公元前五世纪，正是在雅典民主的体制下，悲剧发展了起来。在本章的下一节中，我将讨论悲剧节日与民主的特殊关系。不过作为本节的结尾，我想简要地讨论一下《奥瑞斯提亚》是如何与民主的历史和实践紧密地结合的。在创作《奥瑞斯提亚》的四年前，埃菲阿尔特斯是民主法律体系大改革的首领。雅典阿瑞斯山法庭（Areopagus）是一个重要的法院，它处理许多政治议题，不过法院里的官员都只选自执政官（archon）（这就阻碍了社会底层人民的参与）。尽管执政官当时由抽签选举，阿瑞斯山法庭仍然是传统权威的堡垒，或至少是传统权威的象征。埃菲阿尔特斯成功地去除了所有阿瑞斯山法庭的故有势力，将法院转交给了大众法庭和委员会，只保留了他们审判凶杀和某些宗教犯罪（例如破坏神圣的橄榄树根）的权利。这一变化的口号是回归阿瑞斯山法庭原始的、恰当的功能。此改革的效果是大大收缩了贵族的权力，而提升了大众法庭的权威性和审判权。此后，埃菲阿尔特斯很快就被暗杀了。[为此，西蒙（Cimon），另一个政治领袖在同年的政治运动风暴中被放逐了；他曾在与波斯的战争中做出了突出贡献，不过却是国内政治的保守派。]在《欧门尼德斯》（*Eumenides*），即《奥瑞斯提亚》的第三部剧中，雅典娜建立了阿瑞斯山法庭——我们将其看作上演了一出"宪章神话"（Charter Myth）——这个法庭审理了奥瑞斯特斯弑母的案子。重要的是，《奥瑞斯提亚》是现存的悲剧中唯一一部将场景设置在雅典中心的剧目（虽然时间上它设置得很久远）。雅典娜长篇大论地叙说了阿瑞斯山法庭及其功能。尽管有研究强烈主张这一场景并没有暗示埃斯库罗斯自己的政治立场，正如我们将在本书的第15节看到的那样，不过有一点是清楚的：此剧的这一场景直截了当地处理了当时一个重要而且具有高度争议性的政治事件，这一事件也是 polis 内部政权组织的重要基础。《奥瑞斯提亚》显然参与到雅典的民主进程中，而它在剧场中面对的正是 polis 里的观众。

3. 节庆的背景

作为一种文学体裁的悲剧与包含悲剧演出的节庆是如何与民主制相关的呢？民主与悲剧有必然的联系吗？

《奥瑞斯提亚》在大酒神节（Great or City Dionysia）上演。虽然从公元前440年起戏剧也在另一个次要的节日，例纳节（Lenaia）上演，而且到公元前五世纪晚期，悲剧表演传播到希腊更远的地区，大酒神节仍然是埃斯库罗斯时期悲剧的主要节庆背景。

让我首先简要描述一下节庆的组织情况。节庆的首席官员被称作名年执政官（Eponymous Archon）（每年在民主风格浓郁的抽签制度中，选派十分之一的执政官或地方官，每个官员来自一个部落,由德莫提供的五百个候选人名单中选出)。名年执政官就职后的工作之一就是选出三位诗人来创作悲剧(从公元前486年以后,喜剧开始登上大酒神节的舞台,则还选出五位喜剧作家)。用希腊语说,这些剧作家是"被授予了合唱队的人"。我们并不知道遴选诗人的标准。名年执政官任命 *choregoi*,即杰出的个人,他们的责任是为诗人作品的表演提供资助,付钱给合唱队。同样,类似的财政制度——捐献(liturgy)制度——也应用到大多数节庆和军事远征上。捐献制度一方面是对富人收税的途径,另一方面也促进富人通过向城邦展示他的慷慨来为自身争取更高的地位。埃斯库罗斯的事业生涯中至少有一次得到过伯里克利的资助,当时伯里克利正是最强大、最有影响力的政治家。演员也通过抽签委任。每部剧有三个演员,一人分饰多个角色——这一方式就对演员的精湛技艺要求甚高,因为一个人有可能被要求在同一剧中同时扮演一个小女孩和一位老人。所有的演员都是男性而且是公民。因此,大酒神节首先是由民主 *polis* 控制、资助与组织的节日。

节日在一年的第九个月,也就是现在大约3月的时候举行。在节庆正式开始之前,人们将狄奥尼索斯这个节日崇敬的主神的雕像从紧邻剧场的地方搬出,搬到城外,再在游行中从雅典之外的厄留瑟利(Eleutherai)村庄请入剧场;整个节庆期间雕像都放在剧场里。在悲剧演出之前的几天,剧作家会宣布他们作品的主题并在一个名为 *proagon* 的典礼中向城邦展示挑选的演员。和希腊众多的宗教场合一样,节庆以巨大的游行（pompe）开始，公民、外邦人和其他所有人都盛装出席，许多人都抱着勃起的阴茎的模型，这是狄奥尼索斯多产与庆祝的象征。公牛也被牵来献祭，之后，人们以盛大的酒肉宴会结束（除了个别节庆的场合外，公牛肉很少被雅典人食用）。在宴会上还有合唱比赛，男人和男孩合唱队参加，以部落为单位组织参赛队伍（由捐献制度资助）。甚至死刑犯也获得监管保释来参加这一集体庆典。

在接下来三天的每一天，三位剧作家每位都要呈演三部悲剧和一部萨提尔剧。这三部悲剧可以像埃斯库罗斯的《奥瑞斯提亚》一样是三连剧，也可以有三个不同的主题，尽管我们还不清楚这三部剧在何种程度上相互在主题上相关。萨提尔剧总有一个萨提尔合唱队（萨提尔意为半人半羊，有马尾，阴茎总是勃起的），剧目很短，通常很喧嚣、下流、荒诞，主要用来解除悲剧的紧张并提供彻底的狄奥尼索斯狂欢体验（萨提尔是神的坏恶侍从）。在悲剧开始之前，剧场中会有一系列的仪式（Goldhill, 1990）。首先是十将军进行献祭与献酒（十将军是城邦中十位最重要的军事与政治官员——由选举而非抽签产生）。十将军共同行动是十分罕见的：在记录中，任何一年里不多于四个这样的宗教场合，而这个场合似乎是唯一一个年历中常规的场合，所有将军都在同一个仪式中露面。接下来，宣布所有为 polis 做出贡献的公民的名字，并授予他们花冠（城邦表示敬意）。这是一个公共的场合，强调了公民对 polis 的责任与义务（同时也表扬杰出的个人）。再下来，是一群年轻男子的游行，这些男子都是遗孤，他们的父亲为城邦作战牺牲。这些孤儿由 polis 供养，并由公共经费支持接受教育。当他们成年，就身披铠甲游行，这些武装同样由 polis 提供。他们公开宣称，因为他们的父亲已为 polis 牺牲，他们也就都站在这里随时准备好冲锋陷阵。因此这是另一个公开展示民主制公民责任的机会——这里的责任明确指的是我上文中简要讨论过的军事义务。在公元前 454 年之后，还多了第四个仪式是展出其他城邦对雅典帝国的贡品，即整整齐齐码好的银锭。不难想见这一摞摞同盟国的贡品表现出人们对雅典的军事和政治影响力怎样的颂扬。因而，在戏剧开演之前的这四个仪式利用了城邦的节庆来投射并强化了城邦作为军事和政治力量的自我形象，同时呈现出公民与城邦的密切联系。不仅仅是戏剧，而是整个庆典都集中在了公民主体上。大酒神节在任何意义上的确是民主 polis 的节庆。

在节庆的第五天，有五部喜剧上演。（在伯罗奔尼撒战争期间，似乎只有三部喜剧上演了，每部都紧跟在一组悲剧后面。因此，在战争期间，节庆只持续四天。尽管现在没有明确的原因来解释这种削减，但战争本身已经有理由成为一个主因，因为资金需要被转用于军事。）两天之后，在剧场内召开议事会，讨论节庆的进展情况——这是对责任（accountability）的民主制要求。

悲剧作家与他们的 *choregoi*（资助者）参加竞赛：有十位判官，一个部落一位，这些判官通过一个复杂的程序抽签选出，为的是避免任何可能的贿赂与成见。竞赛很激烈，而且不仅是剧作家和他们的赞助人才热衷悲剧，人们都热情地参与。在公元前449年后，还出现了悲剧演员的竞赛（从公元前442年起又增添了喜剧演员的竞赛）。热烈的戏剧竞赛是典型的雅典文化。在议事会上，人们对相互竞争的提案进行投票；法庭中，大量的公民听众对原告与被告进行裁决；在体育馆里，有着角斗、赛跑和充满情欲的追逐（更不用说奥林匹克与其他泛希腊竞赛）——所有这些制度都是以竞争作为基本的结构原则而设立。希腊，特别是雅典文化，尽管意识形态所影射的是平等与公共义务，但在所有层面上却都是高度竞争化的。

在许多方面，这个 *polis* 资助、*polis* 组织、*polis* 负责的节庆都是雅典民主机制的范式。然而也许还有进一步，更重要的方面体现了大酒神节与戏剧这个文体是民主制的产物。因为戏剧还有节庆本身都深深充满着竞赛精神。*agon*，一种辩论／争辩／斗争的形式，是在所有希腊戏剧中一再出现的基本元素。通常一个角色面对另一个角色，以一段言辞来表达一个立场，而又受到另一段言辞的反对，场景就随着一段段富有激情的争辩变转。这一形式元素——与议事会和法庭相似——也许就是韦尔南与维达尔-纳杰（Vidal-Naquet）所言"悲剧时刻"（the tragic moment）的核心标志与征兆。

为何悲剧出现在此时此地？这两位影响力颇大的法国学者通过"悲剧时刻"为我们做出了解答。对于他们而言，悲剧作为一种文体出现在一个特殊的时刻，那时正有两种冲突观点来解释人在世界中的位置——他们称之为"古风的"与"法律的"观点。我们已经强调了法律对于民主的重要性。

法律体系认为一个人为自己的行为负责，他也作为一个对其行为全权负责的个体受到审判，根据审判量刑惩罚。然而，在一个以神话和英雄为传统的古风社会，盛行的是诸神的正义。因此在荷马的作品中，过错、成功、欲望甚至一支飞箭、女人的一个眼神都受到明确而直接的天神力量的引导（整个《伊利亚特》就被置于"宙斯的计划"这一主题之下）。悲剧就诞生于这两股观念间的张力最不可消解的时刻——悲剧同时是此张力的标志与征兆。正如韦尔南与维达尔-纳杰所言："当社会核心出现裂隙时，悲剧的转折时刻就来临了。这一裂隙如此之宽，以至于法律和政治思想，与神话和英雄传统之间的对立得以清楚地展现出来。而它又如此之狭，以至于价值的争执是痛苦的，而相关冲突将持续发生。"因此悲剧通过 *agon* 的结构上演了社会思想的分化。它考察了不同并相互竞争的观点、义务、关于 *polis* 发展的提议，还有关于荣誉与成功的认识。它展现了人物沟通失败、执着信念以及将他们自己和社会都撕裂的过程。它探究了民主制中公民意识形态的张力与含混性，这便是悲剧表演的背景。

希腊人一直有这样一个说法：*es meson*，字面上的翻译是"在中间"，不过在公元前五世纪的民主制中它的意思是"被置于公共的领域而被争论"。悲剧吸收了民主制中发展的思想、词汇和义务，并将它们放诸公共的、严酷的、论战的、激进的监管之下。雅典民主引以为豪的是其体制的开明以及倾听双方的意愿（尽管许多实践还是歪曲了这一意识形态）。因此，这一公民的场合无论如何都是一个值得注意并且有益的例证——不仅对我们西方社会而言；在这一场合中整个社会集聚一堂，将对这个社会自身信仰与发展的复杂、彻底且无比动人的探索搬上舞台。

4. 戏剧的背景

如果戏剧的社会和观念背景与今日截然不同，那么戏剧本身呢？我们已经看到希腊悲剧的节庆背景多么彻底地改变了戏剧作为社会经验的功能，那么现在我们必须简要地考察戏剧本身来结束首章的讨论。

我已经描述过参加比赛的每位剧作家都需要创作三部悲剧和一部萨提尔剧，而每位被挑选出来的作家都被冠以"被授予了合唱队"的这个名号。合唱队一直是我们欣赏希腊戏剧创作法中最困难的部分之一，我希望从此处着手来考虑戏剧的问题。合唱队由公民组成（同样，正如我曾提到的，演员也由公民扮演：尽管在公元前五世纪到前四世纪成长起一批专业演员和著名的表演家庭，希腊也没有像罗马一样拥有"戏剧演员"这一类人）。《奥瑞斯提亚》中大概有 12 人组成的合唱队，不过一些学者认为，埃斯库罗斯合唱队也很可能有 15 人，这是在悲剧后期常见的数字（Taplin）。他们也许是正确的。合唱队成员被选出来表演（与演员一样），他们由专人训练演出所需的歌舞。与演员一样，合唱队也戴着面具。这些面具不是为现代戏剧装扮所熟悉的古怪的"悲剧面具"那样嘴角下撇、双眼张开；而是仔细地绘上了人物扮相。合唱队在一个名为 *orchestra* 的舞蹈区域表演，这个区域在垫高的舞台下面，演员们则在舞台上表演。常规情况是，有一个以带门的房子或宫殿形式出现的背景幕，吊车可以通过这个背景幕展开事先准备好的场景（*ekkuklema*），我们确信的是《奥瑞斯提亚》是首部使用这一标准舞台空间系统的剧目。演员从房门出场，或从表演场地的左侧或右侧的远路上台。表演场地是一个独立的区域，因此它可以使舞台上的个体演员与合唱群体形成特殊的辩证关系。

现代的舞台习俗通常为台上持续的集体亮相感到棘手，但是理解合唱队角色的困难还要大大超过前述观众预期的困难，这源于合唱队角色的双重性的问题。一方面，合唱队歌唱颂歌以分割戏剧的不同场次。这些颂歌伴随着音乐和舞蹈（这两者现已失传），而颂歌包含了戏剧最繁复的抒情诗，它通常对此剧的前一场内容进行评论和回应。这些颂歌通常从一个普遍的、概括的观点出发。而另一方面，合唱队同时也作为戏剧角色参与该剧的一些场景，而且是以一种特殊的视角加入舞台的行动中。

让我们进一步考察这一双重性。合唱队作为一种制度在希腊文化中根深蒂固。在合唱队中唱歌跳舞是对男孩和女孩进行教育的标准且基本的一部分：这是一种方式，通过一种集体的、教导的方式来传承一个文化专有的叙事。因此，正如我所言，在大酒神节同样有其他合唱队的竞赛，在这些竞赛中十个部落各出五个男人和五个男孩组成队伍。由此，我们很容易理解为何悲剧中的合唱队通常都被看作一部剧中最清晰的教诲之音。今天我们很少会说合唱队单纯地表达了诗人自己的观点（许多维多利亚时代的研究倾向于如此认为），许多学者会提出合唱队集体的声音反映、调和或者引导了观众的集体反应。可以说，它是公共 polis 的集体传声筒。

然而，合唱队也同时是由特殊的，甚至是富有特色的人物组成的，他们从一个特定的观点说话，有特殊的关注点。那么在此意义上，集体的、概括的、教导的合唱队之音是如何与个体的特性相联系呢？这个问题在《欧门尼德斯》，亦即《奥瑞斯提亚》的第三部剧中被最好地实现了。这部剧的合唱队由复仇女神（Erinyes）组成，她们追逐奥瑞斯特斯，要进行血亲复仇。她们同样歌唱了关于城邦正义的颂歌。那么她们对正义的普遍观点是如何与她们追求的血亲复仇相联系的呢？我认为这里并没有一个单一的模式来解释——或预测——任何合唱队的话语立场是多么普遍或特殊。反而，我倾向于将合唱队的集体之音看作向观众引出将普遍智慧或笼统观点与戏剧具体的事件相联系这一难题。我已经说过，悲剧对城邦活动与理念的观察是如何发人深省、促人思考并激人质疑。合唱队作为一种集体之音对构成悲剧的 agon 精神有着特殊的作用。因为它要求观众不断审视权威的观点究竟在哪里。合唱队在剧中设置了一个权威的集体之音，但围绕它的又是其他不同的声音。合唱队既允许更广泛的行动图景发展起来，但同样也保留了众多观点中的一种。因此，合唱队是关键的戏剧设置，它在戏剧中注入评论、反思与权威的集体之音，并将它们作为戏剧冲突的一部分。

那么戏剧的观众呢？观看者——大约有 16 000 人之

多——环坐在楔形剧场中。前排的座位为高官保留。座位似乎同样是根据部落来划分的，每一个部落坐在一个特定的楔形区域。因此剧场在空间上就映射出整个城邦，正如剧场中的戏剧面向的是整个城邦。多年来，外邦人越来越频繁地参加大酒神节，而且在钱财从提洛岛被转移出来之后，向雅典进贡的使节也坐在剧场中观看演出。不幸的是，我们没有任何决定性的证据能表明女人是否也能进入剧场。学者就此问题争论不休，尚无定论。然而有一件事是清楚的：若果真有女人在剧场中，那么她们也是极少数的，而且并不是"适当的或预期的"观众（Henderson）。希腊悲剧全是由男人扮演、创作、资助、观看，因此它一直是公民的事务。

戴着面具的男演员，歌唱，舞蹈，戴着面具的男合唱队，观众根据正式的社会政治划分入座，五天的节庆向狄奥尼索斯神致敬，这一节庆的各种典礼都充满着社会与文化意涵……的确，希腊悲剧的背景与西方资本主义的戏剧——这个悲剧的后裔——大相径庭。

因此，希腊悲剧不应单纯被理解为审美的、情感的或仪式性的体验（尽管它包含了此三者）。它同样是一个事件，将迅速发展中的政治文化体系间的张力与含混性都放诸公共领域来讨论。更重要的是，《奥瑞斯提亚》不像其他现存的悲剧，它的终结就是在雅典民主 *polis* 的中心，即法庭。这部剧是在向 *polis* 说话。《奥瑞斯提亚》是彻头彻尾的政治戏剧，它等待着你——我们——的判决。

第二章 《奥瑞斯提亚》

5. 引言：情节与构思

《奥瑞斯提亚》的情节——就入场、离场、死亡、通奸之类而言——相对简单。使得这部三连剧如此出众的是其复杂的解释、评价与讨论的机制，它萦绕着令人激动的戏剧中心行动。

在《阿伽门农》中，阿伽门农（Agamemnon）从十年特洛亚战争胜利凯旋，返回家里，而他被他的妻子克吕泰墨涅斯特拉（Clytemnestra）杀害，这是她和她的情人埃奎斯托斯（Aegisthus）蓄谋已久的谋杀。在《奠酒人》中，奥瑞斯特斯（Orestes）——克吕泰墨涅斯特拉与阿伽门农之子——从流放中返回家里，与其姐埃勒克特拉（Electra）相认。他使用诡计潜入宫中杀害了埃奎斯托斯和自己的母亲。奥瑞斯特斯逃走，复仇女神（Furies）使他发了疯。在《欧门尼德斯》中，奥瑞斯特斯在德尔菲接受阿波罗的净化；但他仍被复仇女神追赶到了雅典，在那里他成为阿瑞斯山法庭受理的第一宗凶杀案的审判对象。复仇女神提起诉讼，阿波罗辩护。奥瑞斯特斯以最微弱的差额票受到豁免，这得益于雅典娜的干预，她是主持此案的主席。雅典娜劝说复仇女神放下她们对雅典的愤怒，要她们与雅典讲和，并在那里居住下来。

这一简单的情节概要几乎没有说明任何叙事。在《阿伽门农》中，国王的回归通过两个主要的方式来引出：第一，通过三段极长而且极复杂的合唱颂歌，颂歌探究了特洛亚战争的道德、历史与社会背景。第二，通过三个场景。首先是序曲，一个守望者哀悼阿伽门农家的混乱，之后他看到了烽火。然后王后克吕泰墨涅斯特拉向满腹疑惑的城邦长者合唱队解释了烽火如何从特洛亚到达家中，而它又预示着什么——特洛亚的败灭与阿伽门农的回归。最后信使在国王之前到达，口头报告了特洛亚的覆灭以及风暴毁灭了返航的希腊船队的消息——尽管阿伽门农已经安全着陆。

谋杀国王同样在接下来一系列冗长的场景中被戏剧化了。克吕泰墨涅斯特拉阻断了进入宫殿的通道，在这个著名而精彩的场景中，她将血红色的地毯铺在了门口；国王起先拒绝踩踏这华丽的装饰，但克吕泰墨涅斯特拉说服了他，他终究踩着地毯进入了宫殿。但克吕泰墨涅斯特拉没能说服卡珊德拉（Cassandra）进入宫殿，她是特洛亚公主，也同时是国王的战利品；她与歌队留在了舞台上。卡珊德拉是一位有灵的先知，她开始用复杂而清晰的影像来描述这个家庭过去的历史与未来的暴行。她最终进入了房间，知道她即将死亡。然后阿伽门农死亡的喊叫便从舞台下传来——克吕泰墨涅斯特拉越过尸体出现在台上，王后与歌队展开了另一场指控与辩护。最后，埃奎斯托斯上台阐明了他谋杀的动机。王后与她的情人终于控制了整个房子。

在《奠酒人》中，有一个相似的为母亲与儿子这对主角的对抗做扩展性准备的模式。首先，奥瑞斯特斯与其友皮拉德斯（Pylades）回来，在父亲的坟前祈祷诸神相助。埃勒克特拉与扮演宫女的歌队出场，同样去往墓地，带着克吕泰墨涅斯特拉的祭品（因此此剧标题的意思是"带着祭品的人"，它有时就是三连剧题目的翻译）。克吕泰墨涅斯特拉做了一个恐怖的梦，因而派她的女儿带着祭品去平息阿伽门农的亡灵。然而，埃勒克特拉改变了祈祷的话语，她祭酒期待"正义的复仇"。然后她看到了奥瑞斯特斯的祭品与脚印，便立即迫不及待地认定她的弟弟回来了；奥瑞斯特斯表明了自己的身份，在狂喜的重聚中，奥瑞斯特斯首先阐明了阿波罗如何让他回来为他父亲报仇，然后便是一段冗长的歌唱，通常我们称为哀歌（kommos）。在哀歌中，奥瑞斯特斯、埃勒克特拉和合唱队哀悼了阿伽门农，向他恳求一臂之力，并将他从死亡中召唤出来——这是一个结合了哀悼与祈祷的奇怪的仪式。奥瑞斯特斯得知了克吕泰墨涅斯特拉的梦，他便将其解释为他报仇的有利预言。此后，合唱队歌唱颂歌，颂歌是关于女人僭越的可怕行径，而后奥瑞斯特斯最终敲开了宫殿的大门，他伪装成一个使者，送去奥瑞斯特斯的死讯。入宫前的引子不仅仅贯穿了复仇计划的开展与复仇动机的解释，而且它同样在一方面也重新肯定了姐弟间的家庭纽带——还有父子关系，儿子强烈地祈求父亲从冥间给予支持——在另一方面，通过一系列外延的仪式情节——献酒、祈祷、献祭、哀歌——将复仇置于有安排的宗教行动的背景中。

杀害王后，也如同在《阿伽门农》中杀害国王一样，在冗长的准备之后，成为十分戏剧性的一幕。在克吕泰墨涅斯特拉将未被识破的奥瑞斯特斯领进宫殿后，他的老保姆令人意外地出来去召唤埃奎斯托斯；这位保姆哀悼了奥瑞斯特斯虚假的死亡，并回忆起他的童年。合唱队说服她让埃奎斯托斯一个人前来，不要带任何侍卫——这是一个明显的例子，合唱队直接参与了剧中的行动。之后，合唱队向诸神歌唱了一首祈祷之歌，祈祷复仇成功。埃奎斯托斯回来了，他进入房间，奥瑞斯特斯迅速地杀死了他。这时，王后听到了一个仆人的喊叫，她由奥瑞斯特斯追逐而来到舞台上；因而他们的对抗发生在了舞台的中央。她袒露胸脯，乞求宽恕，而就在这个著名的时刻，奥瑞斯特斯犹疑了，他转向他的伙伴征求建议，问了这个经典的悲剧问题："我该怎么办，皮拉德斯？"至此一直沉默的皮拉德斯——在本剧的其他时候也一直沉默——终于开口，说出了富有权威的三行话，再次确认需要遵循诸神的命令。奥瑞斯特斯将他的母亲逼进房内，合唱队歌唱正义最终到来；而后奥瑞斯特斯跨过他母亲和埃奎斯托斯的尸首出现，正如克吕泰墨涅斯特拉跨过阿伽门农和卡珊德拉的尸首出现一样。当奥瑞斯特斯阐释弑母的正义性时（正如她母亲先前做的），他看见复仇女神逼近（尽管所有人中只有他看见了）。他张皇失措，逃离了舞台，留下合唱队追问何处才是个尽头。

在《奠酒人》中，正如在《阿伽门农》中一样，核心行动是一个男人回到家中，由诡计主导的双重谋杀，并且将尸首呈现在舞台上；以上种种情节都通过评论、仪式、预言与解释被置于一系列复杂的背景之下。

这一进程在《欧门尼德斯》中继续，在这部剧中，谋杀是被进一步讨论的对象，这一讨论引向了审判场景中的正式考量。《欧门尼德斯》的开场在德尔菲，一个祭司正要进入阿波罗的神庙祈祷。这种宁静在祭司从神庙中出来时被打破了，她手脚并用地爬了出来，惊恐不已，因为她看到了神庙中恐怖的景象——复仇女神。不过观众们在看到复仇女神之前，首先看到的是奥瑞斯特斯受到阿波罗安抚，并在净化仪式之后，被送到了雅典；此时克吕泰墨涅斯特拉的亡灵才出现，恳求复仇女神去抓住奥瑞斯特斯。复仇女神醒来然后入场，她们的入场只是为了被阿波罗从神庙中送出来。尽管这是一个迅速的行动、一个为全新的角色而设的简单场景，但双方的冲突却已然建立：奥瑞斯特斯与阿波罗；克吕泰墨涅斯特拉与复仇女神。

场景转换到雅典，奥瑞斯特斯祈求雅典娜的救助；合唱队在追逐中进场。奥瑞斯特斯试图为自己辩护，但复仇女神驳回了他的托词并开始歌唱"惩戒之歌"（binding song）——这是一段咒语，发誓将暴力的、令人厌恶的死亡作为奥瑞斯特斯僭越的惩罚。然而雅典娜进场，愿意主持此案；她首先倾听双方的初步陈词，然后组织公民法庭进行审理。在合唱队歌颂了正义之后（我已在前章提到），审判开始，首先合唱队诘问奥瑞斯特斯，然后阿波罗为他辩护，再之后审判员们投票。雅典娜宣称，如果票数平等，那么奥瑞斯特斯将会无罪释放，并且她将她的票投给了奥瑞斯特斯。投票结果的确相当。奥瑞斯特斯离场，感谢了女神，并允诺永远为雅典帮助阿尔戈斯。然而复仇女神对雅典人大怒。雅典娜，雅典的女神，则劝说她们平息怒气，并光荣地进驻 polis。最终复仇女神接受了雅典娜的提议，整部剧以游行与颂扬 polis 的新律法和对秩序与正义的新理解而告终。因而《欧门尼德斯》不仅对前两剧的核心行动以一种正式的方式做出了审判，而且在很大程度上为之提供了解决方案。诸神是原告、被告与法官；而城邦自身则是最终冲突与胜利的标志性场所。这一三连剧以一个低贱的房屋守卫开始，他祈求诸神使他从辛苦劳作中解放出来并等待着烽火；以发生在 polis 中心的大众游行结束，游行中火把通明，诸神引领。

　　本章接下来的三部分将会提供对此叙事不同的解释路径。首先，我将考察悲剧中三个主要的叙事结构策略；其次，我将讨论一些叙事方法，通过它们表达了人在社会、政治框架中的位置；最后，我将论述一些细节段落，来阐明埃斯库罗斯的诗歌是如何运作的。

为城邦而立的宪章？

6. 复仇：秩序与僭越

《奥瑞斯提亚》由一个复仇的叙事模式所引领。"复仇"在现代西方文化中似乎是一个受限的话题。然而，在等级制的、竞争激烈的希腊世界，这个"助友损敌"通常被称赞并被立为道德标杆的地方，复仇在许多层面上都是一种社会习俗。不过，在《奥瑞斯提亚》中，正如在莎士比亚的《哈姆雷特》中，复仇的叙事被用来探究人们行动与义务的本质，以及正义与僭越最广泛的意义（在其中复仇作为一个原则发挥作用）。正如《哈姆雷特》一样，《奥瑞斯提亚》将复仇集中在一个家庭之中，于是复仇导致了家庭内部的暴力以及义务的冲突。不过埃斯库罗斯三连剧的结构同时将复仇模式与反转（reversal）模式相连，在反转模式中，不断发生的复仇行动将复仇主体又反转为了复仇的对象，正如三连剧以特别复杂的方式探究了希腊格言："作恶的人被施以恶"[①]（《奠酒人》313），或，更常见的翻译是，"作恶的人受苦"。在《奥瑞斯提亚》中，复仇总是仇杀的一部分："让它还债，复仇女神大喊，以凶杀回报凶杀。"（《奠酒人》310–12）因此对

---

① 本书出现的三连剧的中文翻译主要由译者依照作者的原文译出，同时参考王焕生译本（《古希腊悲剧喜剧全集·埃斯库罗斯悲剧》，译林出版社，2007）。——译注

复仇的关注就为我们展开了暴力行动、义务、惩罚与正义的视野——这些都是社会秩序最普遍的驱动力。

我在前文简要提到的戏剧的核心冲突需要被放在复仇与反转的叙事中来仔细地进行考察。让我们以《阿伽门农》中杀害国王这一核心行动开始。首先克吕泰墨涅斯特拉向合唱队辩护她的行为至少在某种程度上是为她死去的女儿伊菲革涅亚（Iphigeneia）复仇。然而献祭伊菲革涅亚是为了使得希腊舰队可以驶往特洛亚来报复劫走了海伦的特洛亚王子帕里斯。阿伽门农与墨涅拉奥斯，即阿伽门农的弟弟、海伦的丈夫，是被"复仇女神派来报复僭越者"的（《阿伽门农》59）。这次远征由宙斯·塞尼奥斯派遣，也就是诸神之王宙斯，他的职能是保护家庭与家庭之间的正当关系（"保护主客关系的宙斯"）。帕里斯僭越了这一关系，因此要受到报复。然而舰队在奥利斯被女神阿尔忒弥斯拦截下来。她对一个预兆心生怒气，这个预兆在舰队航行前便被注意到：两只老鹰吞噬一只怀孕的野兔。先知卡尔卡斯解释，正因为如此，女神要求"另一次献祭"——国王的女儿。克吕泰墨涅斯特拉宣称，她的凶杀正是为了报伊菲革涅亚的一死之仇，这一事件本身就是一系列复杂的因果、僭越与惩罚的产物。

阿伽门农决定献祭女儿的故事清楚地告诉我们，复仇行动是如何导致复仇者陷于悲剧冲突以及僭越的地步（Nussbaum）。合唱队将伊菲革涅亚的献祭作为特洛亚战争起源历史的一部分，他们讲出了老鹰与野兔的征兆，也讲出了卡尔卡斯对此的解读。就在这时，他们突然转向歌唱宙斯，这位诸神之王。他们唱道，这正是他的法则："觉知从经历中而来"（《阿伽门农》177）；"诸神的恩宠是暴力的。"阿伽门农成为这一神灵统治的严酷法则的典型，他现在正由于阿尔忒弥斯的要求而面临着严峻的选择：要么他必须放弃报复通奸的远征，要么他必须献祭自己的女儿。这是悲剧选择的经典例证 [*locus classicus*]（《阿伽门农》206–11）：

> 若不服从，命运艰苦，
> 但若杀子，这家中的荣耀，命运依然艰苦，
> 父亲双手沾污着
> 祭坛旁献祭处女的鲜血。
> 哪一种没有灾难呢？

阿伽门农知道其中任何一种行动——而且他必须选择其一——都是灾难。两种竞争且必需的义务之间的冲突就被称为悲剧的"双重困境"（double bind）。献祭的惨状是一目了然的："父亲亲手"将"处女的献祭"送到"祭坛旁"，这既强调了人类祭祀的宗教僭越，也强调了父亲杀死"这家中荣耀"的女儿的家庭惨案。然而阿伽门农选择了军事远征作为优先义务："我又怎能抛弃舰队，辜负联军呢？"（《阿伽门农》212–13）因此，如果阿伽门农要对帕里斯的僭越复仇，那么他自己就必须有所僭越。这便是复仇与反转叙事的逻辑。

他会复仇。正如信使说："从今以后，帕里斯和同他合伙的城邦再也不能夸口说他们得的多，失去的少了。"（《阿

伽门农》532-3)"作恶的人受苦"这一原则完完全全反映在帕里斯与特洛亚那里。不过信使同样报告希腊舰队被大风冲散;这很清楚,是希腊人玷污特洛亚城邦的祭坛的结果。帕里斯的罪行导致了他的覆灭。希腊舰队的罪行导致了他们的覆灭。阿伽门农杀女也等候着报复。而当阿伽门农陷入克吕泰墨涅斯特拉的陷阱,他被描绘为既是惩罚僭越的胜利者也是等待惩罚的僭越者。从第一曲呈现伊菲革涅亚牺牲的颂歌开始,阿伽门农就被封锁在了复仇与反转的叙事牢笼之中:复仇惩罚了罪行,但反过来,它又将复仇者确立为需要接受惩罚的作恶者。

然而,卡珊德拉提供了观察阿伽门农及其死亡的进一步的路径。因为在她的预言中,她回忆了阿伽门农家中过去的暴行。阿伽门农之父,阿特柔斯(Atreus)对他的兄弟堤厄斯忒斯(Thyestes)复仇(堤厄斯忒斯强奸了阿特柔斯的妻子),他杀死了堤厄斯忒斯的孩子,并把他们煮来给堤厄斯忒斯本人吃掉了。在卡珊德拉看来,这里"有一群主持复仇的队伍,他们喝了人血,就留在家里,歌唱着最开始最原初的愤怒"。(《阿伽门农》1187-92)就在这个家中,过去的暴行同样影响着现在的行动。《阿伽门农》的重头戏,即阿伽门农之死,不仅是僭越与复仇范式的现实版本,而且是家庭内部暴行的一个明确的、从祖辈遗传下来的循环。因此埃奎斯托斯在《阿伽门农》的最后一幕中,扬言他之所以杀死国王就是为了就阿特柔斯(阿伽门农之父)对堤厄斯忒斯(埃奎斯托斯之父)的所作所为报仇。阿伽门农是他的家族历史的一部分，他不能逃离。

因此阿伽门农之死是由多种因素造成的，换言之，它是由多个不同的复仇与反转以及家庭惨案的范式所造成的结果。

而克吕泰墨涅斯特拉，这位毁灭阿伽门农的始作俑者，尽管她在受害者的尸体旁大放厥词，她也徒劳地希望"三次喝饱鲜血的家庭恶神"能够平息怒气。她的希望是徒劳的，因为处于《奠酒人》中心冲突的奥瑞斯特斯回到家中，又重演了这一悲剧的双重困境。奥瑞斯特斯说，一个强有力的动机驱使着他前进。(《奠酒人》299-305）他复仇是履行神的要求，但是他也同样被迫在他自己的家中杀戮。当他逼迫克吕泰墨涅斯特拉就死时，他在最后也是最高潮的部分概括了自己的处境："你杀了你不该杀的人，现在你要承受你不该承受的。"(《奠酒人》930）这十足地揭示了复仇与反转这一双重困境的逻辑。惩罚错误导致错误：不惩罚错误同样是错误。作恶的人受苦……

的确，当奥瑞斯特斯出现在他杀死的人的尸体旁时，就像她母亲出现在他面前时一样，这次该他从胜利者与惩罚者变成受罚者与僭越者了。代表复仇与惩罚的复仇女神出现了，她们将他逼下了舞台。追捕者现在正被追捕。

在《欧门尼德斯》中，复仇女神嗜血地追逐奥瑞斯特斯，从德尔菲追到雅典，这似乎是复仇与反转这一范式的继续，要一直到阿伽门农家中男性一支完全毁灭。不过审判使得奥瑞斯特斯逃过了惩罚。正当复仇女神对雅典人发怒时，雅典娜的劝说将她们吸纳进了城邦,她们变成了秩序的守护者。因而,在三连剧的最后几幕中,同时在人与神的层面都发生了转变,从每次胜利都导致灾难性僭越的血亲冲突转向了致力于不需要通过僭越性毁灭来化解冲突的机制与行动。由于戏剧叙事由僭越与惩罚的范式所推动,因而叙事的终结就是发现可能避免复仇与反转这一无止境的暴行的方式。

因此,"作恶者受苦"正是不断重复的悲剧行动的范式,它构建了《奥瑞斯提亚》的叙事。在惩罚错误时,阿伽门农、克吕泰墨涅斯特拉、奥瑞斯特斯,他们每个人都犯了错,因而追捕者被追捕、献祭者被献祭、惩罚者被惩罚。同时,他们每个人也都意识到了悲剧的困境,它导致的是不可避免的僭越。双重困境的悖论正是《奥瑞斯提亚》的中心情节。

然而,在三连剧中角色对此情节的评说所用的语言却将悲剧情节的叙事与最宽泛的正义和社会秩序观念结合起来。同样,我将需要一个希腊词来进行这里的讨论,这个词就是 *dikē*。这是公元前五世纪希腊最为重要与普遍的一个词。它的意思涵盖了从抽象意义上的"正义"或"权利"到"报复"与"惩罚"再到特殊的法律意义上的"法庭"和"案件"。这是表达社会秩序的一个基础用语,它既指整个社会的恰当的组织,也指个人的正当行动以及维持社会秩序的机制。因此,例如柏拉图的《理想国》描绘了一个由哲学原则组织的社会,这部作品就清楚地表示要寻找一个基于 *dikē* 建立起来的 *polis*——而同样,我们还说 *dikē* 是尊重父母;通过 *dikē*——法律的程序——社会秩序得以规范,社会冲突受到控制。

dikē 一词及其衍生词在《奥瑞斯提亚》中被大量使用来注解复仇的叙事。例如帕里斯被描述为"一个踢翻了 *dikē* 神坛的人"(《阿伽门农》382-3);*dikē* 被用于强调宙斯"从经历中学得"的法则(《阿伽门农》250-1);特洛亚的毁灭是"宙斯带来的 *dikē*"(《阿伽门农》525-6);阿伽门农将自己视为毁灭特洛亚行动中 *dikē* 的施行者(《阿伽门农》813);克吕泰墨涅斯特拉将自己视为毁灭阿伽门农行动中 *dikē* 的代言人(《阿伽门农》1432);歌队警告说"*dikē* 在新的命运磨石上被磨得尖锐,准备另一次杀戮"(《阿伽门农》1535-6)。因此在《奠酒人》中,奥瑞斯特斯作为 *dikē* 的施行者到来(《奠酒人》641-5);歌队唱道"*dikē* 及时地来到普里阿摩斯儿子的面前……"(《奠酒人》931)。同样,*dikē*,宙斯之女来到了阿伽门农的家中。然而埃勒克特拉清楚地呈现了一个对比:当歌队劝诫她祈求拯救者的到来时,她问他们是否指的是"一个审判者还是某个带来惩罚的人"(《奠酒人》120),一个 **dik**astes 或一个 **dikē**phoros。歌队反驳说他们只想有人能反过来杀死王后,但是埃勒克特拉的对比预示了《欧门尼德斯》中复仇女神追赶 *dikē*,惩罚,在陪审团(*dikastai*)面前掀起审判(*dikai*),陪审团评判案件的正义(*dikē*)。"崇敬 *dikē* 的神坛",歌队这样唱道(《欧门尼德斯》539),他们回溯了《阿伽门农》中描述帕里斯的僭越所使用的语言。而且最后《奥瑞斯提亚》也以城邦的 *dikē* 结束(《欧门尼德斯》993-4)。

即便从这几个例子我们也可以看出,当复仇与反转逐渐转向法庭时，这一叙事是如何在 *dikē* 的语言中被表现的。对 *dikē* 的关注引向了对此三连剧至今标准的一种解读，亦即，《奥瑞斯提亚》追溯了作为复仇的 *dikē* 向作为法律正义的 *dikē* 转变的过程——从周而复始的血亲家族仇杀转向 *polis* 的秩序世界及其制度。因此这一观点认为，《奥瑞斯提亚》提供了法律制度的起源神话，正如我们所见，这一神话对城邦与民主的发展至关重要。是城邦的宪章……

让我根据基托（H. D. F. Kitto）的富有说服力的观点更加详细地描述这一解读。在《阿伽门农》中，"有 Dikē 的律法——不是'正义'（justice）而是'报复'（requital）——犯罪者必遭惩罚，'作恶者必须付出代价'"。"阿伽门农认定为一个不道德的女人打仗是正确的事：这是他的 Dikē。这同样也是宙斯的观点，而宙斯通过毁灭破坏者来履行 Dikē。"因此阿伽门农的悲剧性的双重困境就在于 *dikē* 概念的缺漏："这里明显说的是，我们拥有的 Dikē 的概念是失效的，尽管它表现了宙斯的意志。暴力、血腥的复仇本能主宰并且统一着全剧，而在最后它导致了完全的崩溃。"

在《奠酒人》中奥瑞斯特斯着手报复父亲时，*dikē* 观念的失效性体现了出来。尽管埃勒克特拉祈祷自己成为"远比母亲更洁净的人"（《奠酒人》140-1），并且担忧"一个审判者"与"某个带来惩罚的人"之间的区别；尽管奥瑞斯特斯的目的是回到家中恢复父权统治，但直接复仇的观念仍然起主导作用："只有亲人才能让这个家自由。'阿瑞斯'（暴力）将对抗阿瑞斯；Dikē 将对抗 Dikē（《奠酒人》461）。但是如果 Dikē 与 Dikē 发生冲突……那么宇宙将是混乱的，而 Dikē 就不可能是'正义'。"因此对于基托而言，dikē 的核心概念仍然是混乱的，正如《奠酒人》中的暴力复仇立即体现的那样。

《欧门尼德斯》中的审判场景以仲裁的可能性代替了复仇。雅典娜超越了阿波罗与复仇女神的对立，而为审判带来了"宽容、同等的裁决"。最终场景的和解暗示"愤怒，作为 Dikē 的工具，让位给了理性"——而且在神圣层面上"宙斯从暴力与含混……转向了理性与仁慈"。宇宙的秩序反射出 polis 的秩序："Dikē 的问题得到了解决。"

《奥瑞斯提亚》的这种解读是多年来的主流。它所提供的对《奥瑞斯提亚》的理解是从悲剧问题到和谐的社会秩序的解决方案，从暴力到仲裁，从家庭堕落的黑暗与绝望到雅典城邦的光明荣耀（Meier）。这种解读将《奥瑞斯提亚》看作讲述了一个转变，从烽火的假光到最后雅典人火炬游行的真光。对此三连剧的这种解读受到了马克思主义与女性主义批评的反对，他们认为作品最终的"正义"并不是理性文明的胜利，而是一方面向国家权力制度的进化，另一方面向强化父权权威的进化（Goldhill, 1984, 1986）。这些解读同样认为《奥瑞斯提亚》描写了一种向法律正义秩序的转变——但是法律正义的秩序本身被认为是一个充满困难的意识形态预设而非单纯的值得称赞的"社会秩序"。然而整个进化观的解释视角（无论是朝"社会正义"进化还是朝"少数人假社会正义之名的权力"进化）还是很成问题的，我希望讨论这一解读三个困难的地方。

首先是审判本身。我上文已经提过法律之于民主的重要性，而且审判无疑对于释放奥瑞斯特斯而言至关重要。然而不能忘记的是，审判的投票是平局。作为一个制度，审判折射出三连剧中之前冲突的怀疑与困境。而且，复仇女神对这一结果十分愤怒，因而她们威胁毁灭雅典城邦。是雅典娜的劝说而非审判导致叙事的终结以及最后的庆典。的的确确，在奥瑞斯特斯离场后《欧门尼德斯》还剩下超过三分之一的篇幅。因此此剧的结束并不是法律正义制度作为一种力量来解决问题；此剧的终结是女神的劝说与 polis 的赞颂，并不是法律程序本身释放了《奥瑞斯提亚》的张力。

第二个问题是此剧的每个主要冲突都被认为是相互竞争的义务的冲突：对于阿伽门农而言，一方面他扮演着特洛亚远征的军事将领的角色，但另一方面他又扮演着父亲和丈夫的家庭角色；对于奥瑞斯特斯而言，一方面他希望在一个正常秩序的家中争取正当地位，但另一方面要获得地位，他就需要僭越这个家中正常秩序的基本纽带；对克吕泰墨涅斯特拉而言，一方面她要为女儿报仇，但另一方面这种欲望又导致她僭越了对丈夫的责任。因而《奥瑞斯提亚》揭露了社会框架下义务之间发生冲突、导致悲剧的方式。这个令人不快的视角贯穿整个三连剧，而且并未在戏剧结尾得到解决。《奥瑞斯提亚》展现了在社会秩序的义务内部不同利益产生激烈冲突的可能性。

第三个问题或许最为重要，它与我先前讨论过的"悲剧时刻"的意义紧密联系。它与 *dikē* 的语言相关，后者被认为阐明了从家族仇杀向法律的转向。这一问题可以简洁地表述为：*dikē* 的语言远比这一进化论的理解所揭示的要更复杂、更模糊。我只提供诸多例证中的两个。第一个是《阿伽门农》中阿伽门农的进场。我在上文中提到，他归来的引子同时将他描述为一个施行了惩罚的征服者以及即将受到报应的僭越者的形象。这是他的第一段话：

> 首先向阿尔戈斯还有本地的众神
> 我将适宜地（*dikē*）致敬；他们帮助我
> 将我带回了家中。他们帮助我报复（*dikē*）了
> 普里阿莫斯的城邦。不是从人们的口中诸神
> 听到了请求（*dik-*）而是他们坚决的一投，将票投进
> 了血腥的票壶中。（《阿伽门农》810–16）

三行连续的诗行，三次重复了 *dikē* 与 *dikaios*（*dikē* 的形容词），这十分显眼。在第一个情形中，*dikē* 似乎指的是一个通常标准，规定了国王对诸神的正确行为态度［"适宜地"（it is right）］。而在第二个情况中，*dikē* 似乎指血债血偿的报复［"报应"（vengeance）］。不过在第三个情况中，*dikē*（复数）指"案件""请求"［"听到请求"（heard justice）］，因为诸神在票壶中投票的确预示了《欧门尼德斯》中将要出现的法律程序。甚至"坚决的"这个词也一语双关地反映出前面几行中 *dik-* 的重复：*ou* **dik**horropos。亚里士多德就将 *dikē* 一

词的词源确切地追溯到这个词语（dikha="分开""两个部分"）。因此当国王进场时，dikē 一词的不同意思复杂地交错在了一起，不能简单地归为复仇或报应。对三连剧的进化论解释为了呈现清晰的发展路向而只能忽略这一语言的复杂性。

我的第二个例子是我上文中引用基托的分析中的一句话，这句话常常被评论者使用，它也清楚地表明在实际分析中这种语言的复杂性是如何被忽略了的。"阿瑞斯（暴力）将对抗阿瑞斯；Dikē 将对抗 Dikē。"（《奠酒人》461）基托评论道："如果 Dikē 与 Dikē 发生冲突……那么宇宙将是混乱的，而 Dikē 就不可能是'正义'。"然而文本的下一句话就是"诸神啊，让公正（dik-）成为现实吧"。诸神被恳求以正义的方式（endikōs）去实现诸事，换言之，人们明确恳求有秩序的、普遍的正义，而在引用的前几行中它却是绝对缺乏的！冲突导致的混乱状况并不是正义与正义之间的纯粹碰撞，可以看到，表明冲突的一行诗与接下来保留了裁决标准的一行诗两者并置，用的乃是完全同一词汇。因此，强烈地冲突并不因为缺乏"正义"，而是由于对 dikē 的并列使用产生了 dikē 过度的意义。

因此，dikē 的语言不能纯粹地被理解为"从家族复仇向法律转变"。埃斯库罗斯在整部三连剧中展现的正是这一词语复杂并且截然不同的意义。这是我在之前讨论过的，悲剧将不同的、对抗的意义以及不同的、对抗的词汇都戏剧化了。埃斯库罗斯并没有展现"Dikē 问题如何被解决"，而是在这一词汇本身蕴含的含混与困境中展现这些问题如何保持固有的活力。

这将导向一个重要的、更普遍的讨论。以上两段内容显示了在三连剧中，不同的角色在不同的情况下如何诉诸 *dikē* 作为行动的标准、支持或理由。的确，每个角色都声称他或她拥有正义，都对这一重要的评判词汇做出了单方面的声明。因此，悲剧探索了一个常规的、政治的、评判的语言在社会冲突中如何被使用，进而又如何成为社会冲突的来源。然而正因为悲剧将人类试图以此评判语言来相互沟通的障碍与限制戏剧化了，此剧的观众也就被放在了一个特别的位置上。一方面，观众能看到词语如何被诉诸不同的意义，这依赖于谁使用它们，以及如何使用。另一方面，观众能够理解一个词语最广泛的含义，即便某个特定的角色只使用了这个词语的一个特定含义。这不仅引起了悲剧的语言深刻的、语义学上的共鸣，而且也揭示了在社会评价词汇体系中的张力与含混性。在《奥瑞斯提亚》中这一感觉最为激烈，*dikē* 的语言——社会秩序、正义——在埃斯库罗斯的悲剧审查中被分裂和碎片化了。

我们现在理解了《奥瑞斯提亚》独特的复杂性。一方面，它把复仇与反转的悲剧叙事中的人类行动者戏剧化了，其中每个事件都与其他事件混杂，每个行动都涉及义务冲突的双重困境。另一方面，叙事得以理解的社会秩序的语言自身显露出完全不可消解的张力与含混性。因此复仇的故事被用于考察社会秩序的形成与僭越。正是以此方式，《奥瑞斯提亚》

首先就与 polis 对话了。

7. 女人是杀男人的凶手……

悲剧对社会秩序与僭越的探究也在性别这一层面上显著地构建起来。在悲剧叙事的每一节点，事件都被表示为男人与女人、男性与女性之间的冲突。因此，卡珊德拉这样概括复仇与反转的叙事："然而在我死后，为我做证，有一个女人会为我这个女人而死，一个奸夫会为一个男人倒下"（《阿伽门农》1319-19），而谋杀阿伽门农就被视为"女人是杀男人的凶手……"（《阿伽门农》1231-2）

对性别的关注从开场就开始了，那时克吕泰墨涅斯特拉对守望人的派遣就被描述为"这便是有男人筹划之心的女人的权威"。"权威"（kratos）一词在希腊语中是与男性权力特别相连的，这个权威首先就是家庭中的权威。oikos（不像民主的 polis）是一个等级系统，父亲——男人——做主。恰如我们看到的，妻子对丈夫、女人对男人的从属性是雅典公民身份界定的决定性因素，也同时是 oikos 秩序的根本要素。的确，女人终其一生，她的法律地位和社会地位都在某个男人的权威之下，首先是父亲或其他男性监护人，其次是丈夫，甚至最后是儿子。因此，将一个女人描述为权威人物就立即在这个叙事中指明了性别与权力的一个奇怪的结合。因而同样，"女人"与"男人筹划的"的对立则恰恰强调了对性别的预期使一个女人的权威错位了。的确，我译为"男人筹划的"（man-plotting）这个形容词其实可以同时理解为"像男人一样筹划"与"筹划反对男人"。这一双重含义很重要：一个女人像一个男人一样筹划——因而觊觎着权威地位——就不可避免的是筹划反对一个男人：反对既有的父权秩序。

对克吕泰墨涅斯特拉、她的性别以及她的权力的关注在整个《阿伽门农》中毫未减弱地持续着。在第一场中，当克吕泰墨涅斯特拉进场，歌队说道："我来此，对您的权威（kratos）表示敬重，克吕泰墨涅斯特拉"（《阿伽门农》255）——然后歌队立即解释："因为当男人的宝座暂时虚空时，敬重统治者的妻子是对的。"缺少"男人"——最广义的性别词汇——是为何一个女人的权威能被考虑的原因。因此，在王后最后说服歌队关于烽火的意味时，歌队说："女人，你说话像一个有主见的男人……"（《阿伽门农》351）信使入场来证实克吕泰墨涅斯特拉之言时，这个说法再次被提及，而她嘲笑歌队没能相信"作为一个女人"的她（《阿伽门农》592）。因此，当克吕泰墨涅斯特拉劝说阿伽门农踏着地毯进入家门时，并不惊讶阿伽门农这样对她说："渴望战斗不是女人的事。"（《阿伽门农》940）他看到她渴望扮演男人的角色、渴望战斗、渴望战争；而如果他使用这种仍是战争词汇的语言是在讽刺她的话，他会立即发现在她用男人军事武器将他杀死在浴缸中时，这一术语是多么恰如其分。

克吕泰墨涅斯特拉的确主宰着《阿伽门农》。那么她的表现如何与人们对女性角色的预期关联呢？剧中用了两种方式将克吕泰墨涅斯特拉塑造为一个僭越的角色，一是她所使用的语言,二是她的两性行为。让我们依次来看一看。

我们已经知道,在民主雅典,女人几乎没有公共角色。女人除了在某些特定的宗教庆典中发挥功用外,议事会与法庭都不允许女人发言。的确,整个希腊书写都弥漫着女人与家庭内部秘而不见的关联。对于一个女人而言,在严密控制的宗教场景外,如果她还作为演讲者出现在公共场合,那么这本身就是女人错位的迹象(Foley; Gould, 1980)。克吕泰墨涅斯特拉在这一点上走到了极端。她不仅作为剧中主要的而且是最具影响力的演讲者主宰着整个舞台,而且通过欺骗、劝说、诡计——对语言的操纵——进行主宰。早期希腊思想中,通常将女人与败坏的语言联系起来(Arthur),或者将女人与十分特权的语言联系起来,例如预言这种宗教话语。语词的滥用充满着恐惧与力量,克吕泰墨涅斯特拉将其发展到了极致。

同样,克吕泰墨涅斯特拉被塑造为一个性败坏的女人。在整个希腊世界中对通奸的心理故事的兴趣并不像现代西方文学中那么浓厚:通过情感满足带来的个体实现在公元前五世纪的雅典所占的分量要比后浪漫主义文学受限得多(Tanner)。通奸更多地被认为是一种对社会的威胁。因此,海伦通奸需要整个从希腊出发的军事远征军去报复,它在整个社会结构中都富有意涵。海伦"冒天下之大不韪"不仅是阿伽门农离家的背景,也同时是阐明她姐姐克吕泰墨涅斯特拉行为的模型。将女人与家庭内部相联系(我在之前的段落中已经提到),这一普遍的观念在古希腊的作品中不断出现;"女人的欲望引发通奸"是一个威胁,女人与家庭的内在关联则是对这一威胁的一个必要回应。在父权社会体系中,通奸被描绘为对男性稳定的继承模式的一大威胁。滥用女性的身体威胁着男性的社会地位。因而 oikos 的持存——其代际的持续与财产的状况——都依赖于对家中女人恰当的限制。["恰当的"(proper)、"财产"(property)与"规范"(propriety)在词源上的一致不是巧合……]因此,"婚姻是社会的基石"。或者说,"父权制要求对女人的性行为做出控制"。

这个观点在三连剧的中心剧目的中心合唱歌中被概括得最为清晰,歌队歌唱了女人骇人听闻的欲望并断言:

> 欲望,败坏的欲望,女人手握大权,
> 它歪曲并征服了
> 羁扼野兽和男人的社会。(《奠酒人》599–601)

女人的欲望是败坏的,它是 *thēlukratēs*。我将这个词翻译为"手握大权的女人"(female in power);它暗示这个欲望给予了女人权力(*kratos*);或欲望征服了女人;或女人的欲望征服了婚姻;或欲望使女人能够败坏并征服男人。这个无益的欲望毁坏了"羁扼野兽和男人的社会"——换言之,它毁坏了构成社会的所有形式的结合。这是克吕泰墨涅斯特拉所体现的威胁。

那么,克吕泰墨涅斯特拉对权力的追求,通过语言的滥用与她在通奸时身体的滥用构成了女性角色丑化的反转。关注女人掌权，其一大结果就是埃奎斯托斯这一角色的大大减弱。在《阿伽门农》中，他只在最后一场出现——一个尽管有攻击性却十分单调的人物——他被往日不起作用的歌队轻视，还被称作"女人"。这一对称的彻底对立——女人变成像男人一样，而男人被女性化——在埃斯库罗斯结构鲜明的创作中很典型，在希腊的两极化倾向中也很典型，即"不是男人掌权就是女人掌权"（Zeitlin）。因此，阿伽门农与克吕泰墨涅斯特拉之间的矛盾突出地集中在男人与女人、丈夫与妻子、国王与王后、男性与女性的冲突之中。

类似的关注在《奠酒人》中同样可见。两性的语言总是突出的（正如前文所讨论的歌队表明的那样），而埃奎斯托斯在《奠酒人》中的戏份甚至比他在《阿伽门农》中还要少。他进场，只说了十四行话——讽刺的是，他说的是没有一个人能蒙过他的眼睛——然后他就毫不怀疑地在宫殿中走向了厄运。在他死后，他几乎再没被提及。杀死埃奎斯托斯根本就不是个事件。

然而，埃勒克特拉却是一个更加复杂的角色。这个在家中的女儿已经到了适婚年龄，她成为特别的关注点：她正处于身份转换［女儿/妻子；青春少女（*parthenos*）/女人］的节点，也正处于家庭转换（从父家到夫家）的节点。然而，在一个败坏的家中，女儿则处于一个反常的境地，她被迫要等着 oikos 秩序恢复之后才能完成转换。埃勒克特拉祈祷"远比我母亲更纯洁",显然她是在奋力要做一个好女儿。正是在此,《奠酒人》中第一部分的仪式就显得格外重要。我曾提到,女人除宗教场合外没有任何公共场合发出自己的声音是恰当的。在此剧中,宗教仪式的密集上演与埃勒克特拉能说话的角色是紧密相连的,而当复仇到来时,她被奥瑞斯特斯送进屋内。也就被送进沉默。她因此返回到了未婚女儿的恰当所在——屋内——等待男人努力恢复 oikos 秩序的结果。因此,就常规对性别角色的预期而言,埃勒克特拉恰好是克吕泰墨涅斯特拉的反面。

由此埃奎斯托斯与埃勒克特拉从剧场中退出,让位给更为尖锐的对立:奥瑞斯特斯与克吕泰墨涅斯特拉,儿子与母亲,男性与女性,聚焦于舞台中心。的确,这两人面对面的相遇同样以性别角色为中心。克吕泰墨涅斯特拉申诉她面临的双重标准,一方面允许阿伽门农通奸和杀女,另一方面却指责她通奸和杀夫。奥瑞斯特斯的回答重申的恰是性别角色的两极划分:"女人坐在屋内决不能指责在外劳作的男人","男人的艰辛劳作养育了坐在屋内的女人"(《奠酒人》919,921)。对奥瑞斯特斯而言,杀母同样重新建立起男人和女人行为方式的恰当界限。

《欧门尼德斯》继续着这种对立。阿波罗,男性神祇,支持奥瑞斯特斯;复仇女神,女性神祇,支持克吕泰墨涅斯特拉的辩护。审判本身的议题就是两性问题。因为阿波罗最后重要的陈词(《欧门尼德斯》657–61)就是母亲不是小孩的亲人;真正的亲人是"养育他的人",而母亲只是"像男人种子的寄生地一样"。因此,雅典娜投票给奥瑞斯特斯的原因同样是明确地基于她支持"男人就是全部"这一说法(《欧门尼德斯》737)。我将很快回到这一争论。

不过,首先,我希望强调诸如此类的关注对报仇与反转的叙事所产生的影响。在叙事中每一处发生悲剧冲突的时刻,这一冲突都被描绘为两性之间的冲突。阿伽门农,由宙斯这个男神派来,被阿尔忒弥斯这个女神阻碍,他被迫要做出的选择是,要么杀死女儿,要么背弃其兄复仇的军事远征。克吕泰墨涅斯特拉面对阿伽门农时,为女儿报仇,却成了杀夫者。奥瑞斯特斯面对克吕泰墨涅斯特拉,为父亲报仇,却成为弑母者。男神阿波罗面对女神复仇神时,在审判中关注的是谁才是真正的亲人,是男性还是女性。

而且,每次在这些冲突发生的时刻,女性倾向支持的立场和主张都是基于血亲纽带的价值体系,而否定社会纽带;反之,男性则倾向肯定一个更广泛的社会关系图景,而将家庭与血亲的说法排除在外。因此阿伽门农牺牲了他的女儿,这个"家庭的荣耀",好让泛希腊的舰队前行。他拒绝了作为父亲的责任以保住他作为国王和邦际军事首领的社会地位。克吕泰墨涅斯特拉拒绝了婚姻的社会纽带,杀夫又通奸,这在某种层面上是为女儿报仇。奥瑞斯特斯拒绝了明显最"自然"的血亲纽带,即母亲与儿子的纽带,以重获他的祖产,重申父权社会秩序。阿波罗是宗教城邦的神祇,他是从泛邦际的德尔菲神庙而来的伟大的文明者。复仇女神则被描绘为女性,她们在追捕弑亲凶手时似乎轻易就忽略了所有社会的问题。

因此，似乎没有终结的复仇与反转的模式同样是"男性-女性"对立的模式，它本身很可能就是社会政治义务与家庭血亲纽带的一种对立。

让我们回到三连剧的最后场景中。阿波罗支持奥瑞斯特斯行动的陈述竭力将女性从生育后代的重要作用中排除出去（我们这里可能会想起"地生人"的故事，这是我在首章提到的，它是雅典宪章神话的一部分）。复仇女神则竭力忽略所有可能缓和家庭内部犯罪的情况或为其做出的辩护。很清楚，阿波罗与复仇女神的对立以一种极端的形式强调了男性与女性、社会纽带与血亲纽带的根本对立。那么，雅典娜呢？当然，她是一个女神；但她在公元前五世纪却有着与男性相关联的诸多属性。她是一个战士，手持武器上场战斗；她与头相关，是智慧与诡计的女神，而且她还全副武装地从她父亲宙斯的头中生出。她同样是一个处女神，没有男性伴侣。在雅典娜为她投票给奥瑞斯特斯陈述理由时，我们必须记得雅典娜这样怪异的身份——这些理由保护了奥瑞斯特斯，也同样是三连剧的结局：

> 我将把这一票投给奥瑞斯特斯。
> 因为没有母亲生育我。
> 除结婚外，我欣赏男人所有的东西，
> 合我心意。我完全属于我的父亲。
> 因此，我定不会优待那个女人，

她杀死丈夫,这个一家之主。(《欧门尼德斯》735-41)

雅典娜的解释从她没有母亲这个事实开始。当然,贯穿整个三连剧,血亲关系一直被强调,而这里雅典娜却与母亲、母系一支以及女性血亲完全撇开干系。她全心全意热衷于所有"男性"的东西——这个广义的种属概念——除了婚姻;也就是在严格的父权秩序下赋予女人的基本角色。在男性秩序中,热衷男性的雅典娜并不符合一个女性的角色。因此,她的结论是,她是"完全属于父亲的"(wholly of the father)。我用这一在英语中显得相当奇怪的表达是想捕捉到一些古希腊的意义,它表示"我完全是父亲的孩子"(雅典娜可以这么宣称);"我完全在我父亲的一边",换言之,在任何母亲与父亲正当性的冲突中,我完全支持父亲;"我笃定地追随我的父亲"(阿波罗宣称是宙斯指示并支持奥瑞斯特斯的行动)。这个结合很重要,它将雅典娜特殊的身份和奥瑞斯特斯的案件与更普遍的父权社会中"父亲"的社会地位相关联。("因此")这一系列原因直接引出她的结论,即她不会允许人们尊重一个杀死丈夫的女人,丈夫是一家之主,换言之,他是 oikos 内权威与地位的主人。

因此,雅典娜的投票在两方面十分重要。一方面,她给出的理由根本上与社会对性别的预期相连。雅典娜支持奥瑞斯特斯是因为男人作为一家之主不可挑战的角色,这个角色意味着"父亲"地位的权威以及"男人"地位的权威。另一方面，这个投票是来自一个不那么容易被纳入此种分类的人物：一个处女战士女神，一个缺少与母亲联系的女性，一个没有进入婚姻的女性。因为叙事围绕着性别的两极对立被结构起来，所以叙事的终结则要依赖一个不被轻易纳入此种对立的人物。

这可以帮助我们理解雅典娜与复仇女神的冲突是如何解决的。这是第一次在三连剧中我们没有看到男女两极的对立，没有看到他们分别在寻求统治地位。反而是雅典娜这个奇怪的人物与复仇女神这一女性角色的对立，雅典娜的目的是与复仇女神和解而不是通过毁灭她们来取得胜利。男性与女性尖锐、激烈的对立弥漫着，它推动着三连剧的结局，正如它总是推动着全剧中的行动。

雅典娜劝说复仇女神融入进她的城邦雅典，不过她们的地位则是明确的"侨居"，外邦侨民。她们将与城邦保持分离，尽管她们会参与其中。因为复仇女神不仅意味着对僭越的一种惩罚要求而且也意味着对血亲与女人的要求，这一定位常常被认为是尤其重要的。对于基托与其解释的后继者而言，这一和解意味着超越了阿波罗对女性角色的拒绝，承认了复仇女神所体现的在城邦中的必要位置。对于女性主义研究的广泛传统而言，这个结局毋宁代表了对复仇女神从属地位的一种辩护——它明显在社会层面隐喻了女人在雅典的地位。《奥瑞斯提亚》就成为人类学家的一个复杂的例证，他们称其为"女权颠覆的神话"，换言之，这个故事讲述了女性权威被推翻或寻求权力的女性最终覆灭的故事，由此，它为社会中男性权威的延续性做出了辩护（Bamberger）。诚然，三连剧的最后一场赞美了 *polis*，也赞美了其控制女人的逻辑，还赞美了婚姻的律法、婚生子的生育以及女性在城邦内有限的权利；然而，在此剧被看作仅仅是对城邦秩序的重新肯定之前，我们必须首先记得这个和解是雅典娜影响的，她所代表的形象——甚至作为雅典的女神——呈现的是对性别角色的常态而言的一个如此复杂的范例；其次，我们还应记得雅典娜所代表的形象——像男人一样、战士、具有说服力的女性——与克吕泰墨涅斯特拉的形象如此危险地相似（Winnington-Ingram）。无论《奥瑞斯提亚》最终胜利与和解的场景是怎样的，这里总让人强烈感觉到一种在两性关系系统中潜在的僭越力量。

当复仇与反转的叙事向 *polis*、法庭以及城邦秩序的认可推进时，两性的叙事也在最宽阔的政治舞台中由冲突转向和解；性别与政治（不可避免地）贯穿在一起。对暴力犯罪的主题性关注与对性别的主题性关注导向了最后场景中对 *polis* 的赞美，它是好生活得以可能的前提。然而，要理解埃斯库罗斯将暴力犯罪、政治与性别结合的主旨，则需要进一步地考虑这个故事与伟大的荷马史诗《奥德赛》的关系。我将自此转向本章的下一小节。

8. 荷马与埃斯库罗斯：为现在重写过去

荷马在古希腊与雅典文化中有着特殊的地位。伟大的史诗《伊利亚特》与《奥德赛》在庇西特拉图时代以圣书的形式书写出来。在公元前五世纪，这两部书在教育、制度建立以及雅典意识形态的构建中扮演着必不可少的角色，它们的确作为泛希腊史诗在整个希腊文化中不可或缺（Nagy）。荷马是希腊教育的所有阶层都最先学习也是学得最多的文本，任何受过教育的雅典人都应对荷马有所了解。人们通常会在表演和会饮中吟唱、背诵史诗的各个章节；它还会出现在其他节日的场合中（色诺芬的对话《会饮》中的一个角色就提到他每天都能听到史诗朗诵）。大泛雅典人节（Great Panathenaia）是雅典主要的节庆，它庆祝雅典娜的诞生日，在这个节日里两部史诗都会在剧场中由被称为诵诗者（rhapsodes）的职业表演者朗诵。对每个诵诗者的要求是，他们需要接上前一位诵诗者朗诵停住的地方，而他们的表演作为一种典型的竞赛被人们评判。色诺芬对话中的同一个角色——尽管他不是诵诗者——就声称能熟背荷马，他将学习史诗作为一种教育本身大加赞扬。

荷马同时也是知识权威、行为权威和伦理权威的首要来源。他时常被人们引用来支持他们的论辩，荷马的人物提供了行为的范本，而几乎任何情况都能被追溯到荷马的优先范本。就这样，荷马文本不仅对实际的教育过程和雅典庆典制度很重要，而且它造就了雅典的社会态度与认知方式："他是'诗人'……这个诗人创造了人类经验的图景，图景是真实的、正确的而且永恒的，它有着各种各样的形式，并为埃斯库罗斯、索福克勒斯与欧里庇得斯的教诲带来技巧与教养。"（Gould, 1983）尽管雅典人的宗教没有"圣书"，但因为一些理由荷马史诗被称为希腊圣经（Greek Bible）——特别是如果我们想到《圣经》在英国维多利亚时代的使用情况：饭后阅读，学校教学，学界热烈讨论，是广泛扩散到不同社会阶层的文化背景，它还在进行道德与社会教导时被反复引用。

尽管《伊利亚特》与《奥德赛》所描绘的英雄社会与公元前五世纪 polis 的社会体系有着明显的差异，荷马的文化力量在民主雅典仍占主导地位。这种差异最明显地体现在，荷马史诗中是为自己荣誉而战的个人主义英雄，而伯里克利赞扬的是共同承担 polis 义务的民主战士。许多悲剧都处理了此间的种种差别。不过就我目前的意图而言，《奥瑞斯提亚》与《奥德赛》的联系则是尤为重要的。因为奥瑞斯特斯的故事在《奥德赛》前十二章中至少九次被提及，而在后十二章又被不时提到。奥瑞斯特斯的故事无疑有着其他版本，但只有在荷马的优先范例的背景下，埃斯库罗斯才能得到最好的理解。

让我从为何《奥德赛》中如此频繁提及奥瑞斯特斯的故事开始。《奥德赛》的情节不管怎么说都很容易描述。在特洛亚战争后，奥德修斯返回家乡伊塔卡（Ithaca）的路程被阻碍了十年。他的儿子特勒马库斯（Telemachus）正当成年，他的妻子佩涅洛佩（Penelope）被求婚者团团围住，他们趁这个男性权威人物不在家时，住进奥德修斯家中并敦促佩涅洛佩再婚。《奥德赛》的故事讲述了奥德修斯的归程，他是如何与特勒马库斯肃清整屋的求婚者，又是如何与他的家庭重聚并重返他一家之主的地位。

这个故事以一种高度复杂与缜密的方式讲述，其中充满了倒叙、伪装、谎言、画中画，所有叙述技巧都使得《奥德赛》被视为现代小说的先驱。这部作品的一个主题在这里尤其值得注意，即《奥德赛》对家庭内部恰当的行为——特别是两性行为——的关注。这个主题在史诗的诸多层面上都有所显现。在一个层面上，求婚者僭越了社会规范的维度，尤其是他们向佩涅洛佩求婚之外还要与她的仆人上床。他们——以及女佣们——受到了这个合法主人回家后的报复，并且遭遇了恐怖暴力的结局。在另一个层面上，奥德修斯在旅程中遇到了各种各样的人物，游历了各种各样的社会。每个不同的社会都提供了一个观察伊塔卡世界的不同视角。一方面，野蛮、暴力、凶暴——如独眼巨人（Cyclops）——构建的是一个僭越世界的消极图景，在那里社会价值被轻蔑，暴力的欺骗败坏了所有正常的程序和交流。另一方面，菲阿喀亚人（Phaeacians）生活在一个光辉的、迷人的世界中，那里树枝总挂满果实，船舶自动航行，甚至看门狗都是一个神用金子做的有魔力的动物。菲阿喀亚人生活在一个过度文明的社会，而独眼巨人的社会又全无文明。这两种社会都被奥德修斯抛在脑后了。这两种社会则都从旁定义了——积极的和消极的——奥德修斯将要回到的伊塔卡世界。在更远一个层面上，特勒马库斯同样远游他乡，希望以此寻找关于他父亲的消息。他的旅程同样指引他进入成年社交事务。在所有这三个层面上，《奥德赛》讲的是一个男人在社会中确定他自己的位置，探索各种习俗与僭越的故事。而史诗中的第一个词就是"男人"(man)——这一主题从一开始就确定了。正是《奥德赛》标准化的——它规划标准的方式——主旨在公元前五世纪使它发挥着示范和教诲的功用。

《奥德赛》中奥瑞斯特斯的故事总是被树立为楷模。这个故事被说给特勒马库斯听,以教导他如何正确地成为一个年轻的男人;这个故事被说给奥德修斯听,以警告他女人多么危险并劝他回家。奥瑞斯特斯在文学中首先就是个范例。奥德修斯的家与阿伽门农的家是相似的,这一点被反复刻画。正如埃奎斯托斯败坏了克吕泰墨涅斯特拉并占领了阿伽门农的家,这些求婚者威胁佩涅洛佩的目的也是要占领奥德修斯的家。正如阿伽门农回到这个败坏的家中落入陷阱被杀死,奥德修斯也回到一个败坏的家中而必须用尽欺骗与谋略来避免求婚者的陷阱。正如奥瑞斯特斯受到威胁要丧失他作为儿子与继承人的地位,特勒马库斯也被求婚者威胁要丧失祖产。因此,特勒马库斯被雅典娜、涅斯托尔(Nestor)与墨涅拉奥斯(Menelaus)劝诫要证明他是一个高贵的年轻男人,要像奥瑞斯特斯一样行动,去拯救他的祖产。因此,奥德修斯也被警告不要落入阿伽门农的错误之中。

然而,《奥德赛》中奥瑞斯特斯的故事有着与埃斯库罗斯的《奥瑞斯提亚》完全不同的关注。首先,史诗中发生的是在男人间为争夺家庭权力所起的冲突。埃奎斯托斯引诱了克吕泰墨涅斯特拉,也是他派遣监视阿伽门农的守卫,还是他杀死了阿伽门农——在克吕泰墨涅斯特拉的诡计下——控制了这个家庭并最终被奥瑞斯特斯杀死。埃奎斯托斯是《奥德赛》中讨论人的行为的第一个例子。奥瑞斯特斯杀死这个篡夺者就像特勒马库斯和奥德修斯杀死篡夺的求婚人一样。克吕泰墨涅斯特拉被称为"虚伪的"而她以此能力来辅助杀害阿伽门农的计划：因此在第二十四卷——最后也是唯一的一处文本——痛苦的阿伽门农指控她杀害自己的丈夫。不过她在引诱和毁灭的叙事中都只表现为一个被动的角色。而佩涅洛佩，在楼下的男人争夺 oikos 的控制权时，用她所有的计谋送自己上了楼在房间里等待奥德修斯归来。的确，在整个《奥德赛》中，只有在奥德修斯游历过的野蛮世界中我们才看到女人掌权——这恰恰是野蛮的象征。

这样一种关注角度的必然结果就是克吕泰墨涅斯特拉之死完全不被提起。尽管奥瑞斯特斯的故事被讲述了很多次，而克吕泰墨涅斯特拉之死却只被提起过一次，而且仅仅是一种暗示性的指涉："在第八年，神样的奥瑞斯特斯从雅典返回，杀死了凶手，那个诡计多端的埃奎斯托斯，那个杀死了他著名的父亲的人。而当他杀死他，他邀请阿戈斯舰队参加了他那令人憎恶的母亲与懦弱的埃奎斯托斯的葬礼。"（《奥德赛》3.307-10）故事的讲述从单数的男性作为杀戮与被杀戮的主客体（"当他杀死他……那个杀死了他著名的父亲的人"）转向复数的葬礼，为叙事留下了一个明显的缺口。一方面，这个措辞也许会提醒我们特勒马库斯与奥瑞斯特斯之间有着明显的不同。奥瑞斯特斯可以单纯地杀死埃奎斯托斯然后重获他的地位；特勒马库斯的父母都还活着，而甚至在求婚者死后他还需要学会取得一个适当的位置，不是作为唯一的一家之主来主宰他的 oikos，而是作为奥德修斯的儿子和继承人。另一方面，毫不提及弑母之事则可以同时保留奥瑞斯特斯正面的形象以及将关注点放在男性竭力控制家庭这一点上。的确，尽管奥德修斯作为国王回家，尽管他的复仇牵动整个伊塔卡社会（因为他杀死了众多出身最显赫的年轻人），《奥德赛》首先且始终最关注的是家庭中恰当的、可控的秩序。这部作品最后的一个形象十分明显。这个画面是奥德修斯，其父拉厄耳忒斯（Laertes），还有特勒马库斯并肩作战对抗被杀的求婚者的亲属——三代人，一个典型的家庭，男性一脉得到维护，这是父权的体现。对于荷马的《奥德赛》而言，推动返乡与报仇叙事的僭越，以及对这些僭越的解决，都是发生在 oikos 的秩序之中的。

到埃斯库罗斯这里，我之前章节中讨论过的对性别的关注则可以被清晰地看作是一个关注点的转变。不是埃奎斯托斯而是克吕泰墨涅斯特拉派出了守望人；是克吕泰墨涅斯特拉欺骗并杀死了阿伽门农，掌控了整个家庭；她也是复仇的主要对象。正如我们之前提到，埃奎斯托斯之死——在《奥瑞斯提亚》与荷马那里完全不同——根本就不是个事件。当然，在荷马与埃斯库罗斯之间还有许多情节与细节上的转变。不过，整体上这种关注的转变含有两点重要之处。

首先，如果说克吕泰墨涅斯特拉之死被荷马略去不说，那么它在埃斯库罗斯三连剧的中心剧目中却成为核心的、被演绎出来的对抗。在荷马那里，奥瑞斯特斯是一个模范，他的经历告诉年轻的特勒马库斯如何做一个高贵的人；而对于埃斯库罗斯而言，奥瑞斯特斯是一个悲剧双重困境的范式性例证。在埃斯库罗斯之后，没有人还会说"要像奥瑞斯特斯一样！"（一个著名的弑母者）埃斯库罗斯选取了一个核心文本中的核心范例，然而却使这个范例问题重重。他从荷马略去不提的沉默中揭露出自相矛盾的、困难的、使人高度焦虑的家庭内部暴力事件的情节——年轻的男人为了恢复他的祖产，必须不可避免地僭越家庭的准则，而这家庭的准则又恰恰是他希望重新获得的。《奥瑞斯提亚》最为清晰地显示了悲剧是如何与过去的文本和范式对话，并在一个公认的、传统的观点中发现问题、张力与歧义。埃斯库罗斯的奥瑞斯特斯面对他的母亲，问了一个典型的悲剧性问题，这是怀疑与困惑的典型标志："我要做什么？"荷马的奥瑞斯特斯则是一个人必须做什么的范例。悲剧将问题呈现给观众，这在埃斯库罗斯对荷马叙事的重写中体现得淋漓尽致。

其次，如此转变的结果尤其涉及三连剧最后的场景。我已经讨论过复仇与反转的叙事是如何在雅典城邦中心的法庭中结束，以及这一结局不仅有赖于奥瑞斯特斯的无罪释放，而且有赖于复仇女神作为一个新的角色被纳入城邦——它使得歌队最后赞美了 polis 及其秩序。我同样也讨论过这一冲突的叙事是如何被看待为性别间的冲突，在每个事件中——不像荷马的叙事——女人都直接追求权力和统治，性别冲突都被看待为城邦义务与血亲义务的冲突。我们现在看到，埃斯库罗斯重写荷马的叙事是为了赋予其一个特殊的政治关怀。简要而言，对于荷马，叙事中冲突的解决方案在 *oikos* 的秩序之中，而对埃斯库罗斯，其解决方案则在 *polis* 之中。

我在本书的第一章中曾说明了 *polis* 作为一种框架性结构对于悲剧的重要性。现在我们看到，它不仅只是悲剧的一个社会学或历史学"背景"。*polis* 从荷马——荷马史诗中没有任何公元前五世纪的共同体形式的影子——到公元前六世纪发展起来。民主 *polis* 在公元前五世纪是一个新的、急速转变的文化。埃斯库罗斯可以被看作在为 *polis* 的新背景而重写过去优先的、范式性的故事。因而《奥瑞斯提亚》的政治关注不仅显露在向雅典转换的场景中。三连剧的最开头几行就已经强调了性别的对立以及义务的冲突，这些强调都明显地导向雅典 *polis* 及其政治制度。《奥德赛》中的僭越、暴力与复仇能在 *oikos* 的结构框架内得到解决。而埃斯库罗斯的三连剧中，*oikos* 本身就需要在城邦的结构框架中被重新定位。《奥瑞斯提亚》中对荷马的改写不再是文学的互动。埃斯库罗斯将这个古老故事的问题，在此时此地，搬上城邦的舞台。在这一过程中，他为民主 *polis* 的新文化锻造了新神话。

那么，这是 *polis* 的宪章吗？一方面，清楚的是，《奥瑞斯提亚》在雅典城邦中心的这个结局本身就意义重大。循环往复的暴力与血亲复仇的惩罚停止了；男性与女性的对立在 polis 的父权制度下和解。polis 本身的重要性可以通过荷马史诗找到一个全新的构架与结论去理解。因此，在本章前三节我所讨论的所有层面上，《奥瑞斯提亚》可以说是构建了雅典 polis 的宪章神话。的确，当复仇女神被护送进入她们在雅典的新家时，本剧最后的游行以这样的方式上演，以呼应大泛雅典人节的雅典庆典。大泛雅典人节，如其名所示，是所有雅典人的节日。庆祝的中心环节是向雅典卫城的游行，这个地方是向雅典娜的献祭之处。因此，正如雅典娜指导了《奥瑞斯提亚》的最终游行，此剧将城邦呈现给城邦，庆祝了城邦的女神，也庆祝了这个共同体本身。这对于三连剧而言当然是意义重大而且令人动容的最终图景。

但另一方面，《奥瑞斯提亚》的结局是有前提条件而不是乌托邦式的。换言之，polis 是好生活得以可能的前提，但僭越的威胁始终存在。城邦的 dikē 有赖于公民今后的行动。或许最为意义重大的是，尽管《欧门尼德斯》以社会秩序的建立结尾，三连剧探究、质疑社会秩序的语言却可以不断回响。相互矛盾的义务的威胁以及 dikē 语言的张力和冲突甚至在最后的火炬游行中仍然浮现。埃斯库罗斯的视野仍然是悲剧的。

因此《奥瑞斯提亚》的结局可以说既是提升的、庆祝的、赞美的，也在庆典中提出了质疑、担忧与怀疑。"城邦的宪章？"——或许这个问号仍应保留。

凡人之患[1]

在本章的前一部分中，我考察了叙事是如何被组织起来的，它在民主 polis 新的社会和政治境况下，反思了一个关于性别、暴力犯罪与权力的范式性故事。在这一部分中，我想考察《奥瑞斯提亚》如何表现人在这些社会和政治境况中的位置。因为这对埃斯库罗斯的悲剧视角而言同样至关重要。

9. 语言与掌控：劝说的暴力

我希望首先考察语言的运用如何成为《奥瑞斯提亚》的一个主题。正如 dikē 的语言是三连剧中表达冲突的中心，语言本身的运用与危险也成为埃斯库罗斯特别关注的对象。

首先，有一些基本背景需要交代。在雅典激进的民主制下，公共演讲发挥着重要的作用。议事会的辩论，法庭审判，甚至 agorá（广场）或会饮中更不正式的政治讨论都依赖于演说者的讲演。要在公共生活中夺得头筹，就需要在演说中取得成功。在公元前五世纪，语言同样成为思辨思考的对象——从语言哲学到语言学，一系列学科迅速发展起来：埃斯库罗斯正处于这一运动的开端。最重要的是，人们开始

---

[1] 原文为：The mortal coil，来源于莎士比亚《哈姆雷特》著名的 "To be or not to be" 的独白段落，意为凡人总被纠缠入麻烦与祸患之中，根本无法脱身。——译注

强烈关注对修辞的实践和学习。专业教师和修辞课本迅速发展，他们为年轻人和富人提供了在政治领域有望取得成就的知识；同样，公众也开始意识到劝说技艺的职业化发展。语言及其运用是公元前五世纪的热门话题。

《奥瑞斯提亚》中复仇与反转的叙事就对语言的运用予以了特别的关注。我已经提到克吕泰墨涅斯特拉如何将希腊普遍对女人与欺骗的忧虑表现到极致。现在是时候更细致地考察它了。显现克吕泰墨涅斯特拉语言力量的核心场景是所谓的"地毯场景"（carpet scene），阿伽门农进入宫殿的道路被克吕泰墨涅斯特拉阻拦，她为他铺上了紫色的织毯，要他踏上去。她编织了一席欢迎的话语，虚伪地叙述了他不在时她多么绝望，他归来时她多么喜悦。她还回忆了那诸多的关于阿伽门农死讯的假消息是多么困扰她：一个谎言常常会讲述欺骗。她邀请他踏着地毯进入宫殿。然而，阿伽门农清楚踏上地毯是不被允许的行为。对家庭财产昭然若揭的挥霍（Jones）不是一个希腊男人的行径，"不要用女人的方法来娇惯我，也不要像一个野蛮人一样，"他说，"将我敬重如人，而不是如神。"（《阿伽门农》918-25）阿伽门农清楚地意识到踏上这华丽的装饰是一种僭越的行为，这种行为与女人或野蛮人相关联（这是对公民身份的贬义的定义），它会使他激起诸神的愤怒。而当他真正踏上地毯，一个戏剧化场景出现了；它立即呈现出了戏剧的矛盾，胜利者成为受害者，惩罚者成为僭越者。

然而，阿伽门农踏上地毯是因为他受到了克吕泰墨涅斯特拉的劝说。在这个简单却密集的对话中，她攻击了他所有不踏上地毯的理由，操纵着他的回应，而当她编织她的语言罗网时，她意味深长地作结："被说服吧！心甘情愿地将你的力量（kratos）屈服于我吧。"这里，王后在对统治权的追求中劝说的语言被戏剧化了。克吕泰墨涅斯特拉的力量超过了国王，她使他踏上他家中的装饰地毯，这样的能力显示了操纵的修辞力量所发挥的效用。

不过，《阿伽门农》的前几个场景已经为"地毯场景"做了悉心的铺垫。戏剧的第一个片段是所谓的"烽火对话场景"。在这里，歌队向克吕泰墨涅斯特拉询问了出现的烽火是怎么回事。在两段冗长的充满权威、令人难忘的讲话中，她解释了特洛亚战败于希腊的事。在第一段讲话中，她描述了烽火的到来以及它从特洛亚来到阿戈斯的路线。她详述了烽火是如何从一个地方到达另一个地方。在这段演说后，歌队要她进一步解释，因为他们没有被说服，想再听一听。在第二段长篇演说中，克吕泰墨涅斯特拉叙述了特洛亚的陷落。换言之，她在编造烽火信号的意涵。在这一演说后，歌队这样总结道（我已引用过一部分）："女人，你如今聪明地说话像一个审慎的男人。我已经听到你的叙说令人信服的证明，我准备这就去向神明致谢。"这一重要的片段通过三种特别的方式预示了之后的"地毯场景"。第一，简要而言，它展示了克吕泰墨涅斯特拉用迷人的、操纵性的修辞来说服一群男人（"你说话像一个男人……"）。歌队相信了王后希望他们相信的东西。第二，整个场景——三连剧的第一场——则聚焦于信号的到来及其意义的解读。交流是一开始就被强调的主题。（此前这个故事的其他任何版本中都没有对烽火事件如此关注。）第三，或许最有趣的是，克吕泰墨涅斯特拉的两段演说将信号与其意义分离了：第一段演说只讲了关于烽火的传递，第二段讲的却是它可能蕴含的意义。事实上克吕泰墨涅斯特拉不可能知道特洛亚的陷落究竟发生了什么——她编织了想象的话语——这强调了信号与意义是可以怎样被分离并被操纵的。克吕泰墨涅斯特拉之后对语词及其意义的操纵，或对踏上地毯这一行为及其意义的操纵，在"烽火对话场景"对信号传递与解读过程的讨论与操纵中就已经被铺垫了。

本剧的第二场同样围绕信息展开，组成这一场的是信使带来希腊联军即将归程的消息，以及他将从克吕泰墨涅斯特拉处带回错误的信息给国王。当信使进来，歌队试图暗示城邦中危机重重，但信使完全没有理会到他们隐晦的语言。事实上，当歌队戏剧性地说"甚至死亡都是很大的恩赐"时，信使回答的却是"正是！因为一切安好"，似乎他们要为军队归来的前景欢愉而死。这一误解成为信使报信的一个重要前奏，而他的下一个任务是：将克吕泰墨涅斯特拉的信息带回给阿伽门农，即阿伽门农应该快快回到家中，他将会发现"家中有值得信赖的妻子，他离开她的时间里，她一如既往是家中高贵的看门狗，是他敌人的敌人……"（这个消息促使歌队谈论"对言说精准解释"的必要性）。因此，在这个场景中，交流同样被着重地戏剧化了，它是有裂隙的，可以被操纵；它是危险的，需要被小心解释。

  导向了"地毯场景"的这两个片段既向我们展示了克吕泰墨涅斯特拉对交流过程的操纵，又向我们暗示了其语言所蕴含的危险性。因此，当克吕泰墨涅斯特拉出现在阿伽门农与卡珊德拉的尸体上时，她夸耀道："我曾说过许多东西，让它们适合各种场合；现在我将不会羞耻于说出相反的东西。"正如歌队震惊地说，她的确"舌头如此无耻"。无耻——"我将不会羞耻"——她的语言就像她的性行为。

  在阿伽门农进入家中与克吕泰墨涅斯特拉出现在阿伽门农与卡珊德拉尸首上这两个场景之间，是卡珊德拉场景。再一次，交流作为主题构成了这个场景，因为卡珊德拉是先知，阿波罗给她的天赋是永远讲真话却从不被相信。这一场景——三连剧中最长的一幕——是对交流失败进一步的戏剧化表现。它从克吕泰墨涅斯特拉力劝卡珊德拉进屋开始。卡珊德拉站着，沉默。歌队与克吕泰墨涅斯特拉想知道这外邦女祭司究竟懂不懂希腊语，用什么手语，是否能找到一个解释者……再一次，交流的过程作为下一场的重要引子在这里被明确地讨论了。当克吕泰墨涅斯特拉在愤怒中回到宫殿，卡珊德拉突然大叫，她清清楚楚说的是希腊语。因而沉默是面对王后操纵语言的一个意味深长的姿态。它显示卡珊德拉要主动摆脱王后。在埃斯库罗斯十分典型的建筑式结构中，此剧将以下两者联系起来，一边是说假话但说服了所有人的女人，另一边是说真话但没有说服任何人的女人。

  然而，卡珊德拉的真话当然不是科学般的明确，而许多人认为真话就应该是明确的。相反，她的语言是极端的、比喻性的、影射性的，富有洞见（正如希腊神谕典型如此）：

> 卡珊德拉：这是什么家宅？
> 歌队：这是阿特柔斯之子的家宅。你若不知道，我这就告诉你，你不要说这是假话。
> 卡珊德拉：不！不如说这是诸神憎恨的家，亲族之间相互谋杀，自身备受折磨，杀人的屠场，地面沾满血污。（《阿伽门农》1087–92）

卡珊德拉简单地问她被带到了哪里，而她得到的是一个简单的回答，"这是阿特柔斯之子的家宅"，歌队继续重申他们交流的过程，这是一种奇怪的迂回表达："你若不知道，我这就告诉你，你不要说这是假话"——他们提供的信息是真实、可靠而直接的。然而卡珊德拉不能接受他们的回答。她纠正了他们——"不！……不如说"——她重新将这个家定义为诸神憎恨的、亲族相互杀戮的家。卡珊德拉的回答表明了歌队明显空洞的迂回表达的重要性。她明确地拒绝承认他们的回答是真实的答案，尽管不足以称之为虚假的。而卡珊德拉的真实则是由一系列交错的比喻构建的。对表述的强烈关注意味着理解复杂事件的一种独特进路，也意味着语言可以表述如此复杂的意涵。

克吕泰墨涅斯特拉的说服力与卡珊德拉不具有说服力的真实性恰恰相反。因而在整个《阿伽门农》中都充斥着对语言的危险和威力的小心翼翼的警觉。这导致在三连剧中出现了许多试图控制语言及其运用的努力。或许最重要的一种控制的方式是祷告。在呼求诸神时，语言是最具有束缚力的。错误的语言会造成错误的结果：一不小心就会导致灾难。因此，《奠酒人》中，埃勒克特拉在将祭酒洒在她父亲的坟墓之前，一度担心她是否用对了语词，并在她转向讨论什么才是对她母亲之死虔诚的祈祷时，她引入了对"审判者"与"复仇者"的区分，这是我先前讨论过的。因此当埃奎斯托斯进入宫殿时，歌队唱道："宙斯，宙斯，我要说什么呢？我从哪里开始祈祷，从哪里开始呼唤你？我在述说什么是对的之后如何收场？"语词的危险性要求对语言的切切关照。

然而，阿波罗是明确告知奥瑞斯特斯去杀死克吕泰墨涅斯特拉的，因为她杀了人；而且奥瑞斯特斯的确采用了一个欺骗性的计划：他乔装为信使来到这里以便于获准进入宫殿。这里与《阿伽门农》中信使传递场景的对应很明显。然而，当他正要进入家中时，他为讨论加入了另一个重要的因素。他希望家中某个掌权者出来接收他带来的信息，"一个女人，不过一个男人更合适。因为交谈中的羞耻会让语词模糊。但是男人和男人谈话心宽胆壮，意思一目了然"（《奠酒人》664-7）。奥瑞斯特斯之意是男人与女人不能相互清楚地交谈——因为不同性别之间的接触会有"羞耻"。这就会戏剧性地使观众期待埃奎斯托斯现身，以强化克吕泰墨涅斯特拉径直来到门前的"无耻"的效果。不过这也同时有助于将语词交流和我之前讨论过的两性冲突联系起来。的确,克吕泰墨涅斯特拉对假信使接下来的欢迎词坐实了奥瑞斯特斯的担忧。因为她邀请他进入她的家中,家里"有着适宜的招待:温暖的浴室、可以愉悦劳顿的卧榻,还有适宜的表达"。这个家不仅根本不是"适宜的",而且阿伽门农正是在"温暖的浴室"中被杀害,"床"与"愉悦"正是她败坏的根源,"适宜的表达"正导致了阿伽门农的死亡,因而这个男人与女人的对话非常讽刺——"语词模糊"。三连剧的每个冲突都被描绘为性别的冲突;而男人与女人的交流被戏剧化为讽刺的、欺骗的交流,在交流中双方都企图获得统治权。

《欧门尼德斯》中的法庭则将复仇的暴力转变为言说的对抗。法律的建立与统治将社会关系的秩序确定下来并将其神圣化,它强调了在一个社会背景下意识形态在语言运用中不可或缺的位置:正如我们所见,法庭的决断至少部分基于阿伽门农与克吕泰墨涅斯特拉作为男人和女人的社会政治地位。不过法庭同样导向雅典娜说服复仇女神。三连剧以另一种语言的操纵而告终。在《阿伽门农》中歌队歌唱"神的恩宠是暴力的",而现在雅典娜却说宙斯的强力——雷电——是不必要的:劝说将会改变她们诅咒的威胁(《欧门尼德斯》826-31)。的确,雅典娜欣喜的是:"劝说女神(Persuasion)的眼睛庇护着我的嘴舌。广场(*agorá*)的保护神宙斯胜利了。"(《欧门尼德斯》970)因此三连剧最终的和解是由劝说造成的,通过劝说,复仇的情节被推进了。语言成为僭越的方法与主题:它又成为和解的方法与主题,正如歌队被说服，从怨恨变为祝福。

因此，三连剧从烽火的信号转向了法律的进程：《奥瑞斯提亚》绘制了 polis 中语言的社会功用。语言的运用这一主题是将人安置于我曾讨论过的社会构架中的一个重要因素。语言，当被正确使用于祈祷、祝福、诅咒与命名时，可以发挥直接而有约束性的效用。在法律中，它为调和暴力冲突提供了一个制度上的途径。然而对语言滥用的恐惧仍与其威力成正比。劝说——操纵性的修辞——可以致使混乱与无序，这不断折磨着阿伽门农的家。劝说是民主雅典议会与法庭的核心。埃斯库罗斯在民主体制下的剧场里将实际劝说的危险性戏剧化了，他显示了交流过程的败坏是如何导致了暴力与无序——交流过程本身就是暴力与无序的征兆。诸如 dikē 这样的词语的不稳定性必须作为人类交流的不确定性的一部分来考察。这是埃斯库罗斯悲剧视野的基础，人类存在的不稳定性必然与语言的不稳定性紧密相连。

10. 预言、恐惧以及过去的影响

对语言滥用的恐惧只是充斥整个《奥瑞斯提亚》的恐惧与怀疑的一个面向。《阿伽门农》中第一次合唱歌有一个不断重复的副曲"悲歌一曲，悲歌一曲，但愿美好长存"，这种混合着担忧与希望的情感一直持续到了三连剧的最后一幕。当阿伽门农进入宫殿，长老歌队唱道："为什么一股恐惧总来回飞舞，进扎于我有所预感的心头？我那自愿的、不求报酬的、歌唱的心就是先知；我无法将这恐惧如同难解的

梦幻般驱赶,也无法使劝人的安稳坐在我心头的宽椅上。"(《阿伽门农》975-83)这潜藏的恐惧,预言了未来的灾难,使安稳难以维系,它道出了此剧黯淡的氛围。的确,即便当雅典娜在《欧门尼德斯》中建立阿瑞斯山法庭时,她也说恐惧在她的城邦占有重要地位,恐惧预防公民犯罪。

恐惧,尤其是对未来即将发生之事的恐惧,导致一系列控制事件发生轨迹的努力。试图控制事件最常见的方法之一在上文引用歌队的语言时已经被提出来了,那就是预言——先知的艺术。卡珊德拉一幕是希腊悲剧中最长的一幕先知场景,不过它只是《奥瑞斯提亚》诸多预言时刻中的一幕。例如,《奠酒人》中克吕泰墨涅斯特拉的梦就引起了她的恐惧,因为它被当作一个预言。对死去的阿伽门农祭酒就是企图通过仪式来控制梦境所暗示的内容;不过不仅祭酒被埃勒克特拉改变了初衷,而且梦境本身也被奥瑞斯特斯赋予了一个权威性的解释。克吕泰墨涅斯特拉梦到她生了一条蛇,当她哺乳它时,这蛇连同乳汁吸出了凝血。奥瑞斯特斯祈祷,并声称这梦确确实实就是预言:他说,因为既然这蛇来自他出生的地方,它又吮吸他吮吸的地方,那么,这个梦就意味着克吕泰墨涅斯特拉因养育了一个怪物而会在暴力下死去:"我将巧妙地化身为蛇杀死她,这梦这样说。"这个解释表明了预言的威力和危险。一方面,梦被看作对未来约束性的暗示:克吕泰墨涅斯特拉将要暴力地死在奥瑞斯特斯手中。另一方面,表达预言的语言也有着更令人担忧的意味。奥瑞斯特斯将自己称为怪物,一条蛇,一个暴力的执行者——所有语词都引起了阿伽门农家中其他血亲暴力残害时刻的共鸣。这个预言，由于它预示的是弑母，也同样将奥瑞斯特斯束缚进家族诅咒的叙事中。

一个从预兆而来的预言奠定了《阿伽门农》的第一个悲剧冲突。在奥利斯（Aulis），远征军由一个预兆相送起航，两只鹰"众王之鸟向舰队的统帅之王显现"，这鹰杀死了怀孕的野兔（《阿伽门农》111-20）。希腊先知卡尔卡斯解释了这个预兆说特洛亚会陷落；但他还附带说，但愿这不意味着某些神祇的憎恨会成为远征军队的阴影，因为阿尔忒弥斯憎恨老鹰这样用餐。他祈求阿波罗阻止女神要求的另一个献祭——正如我们所见，这个献祭的确将要发生，而它催化了阿伽门农家的悲剧冲突。这一段复杂的文本有两个关键之处。第一，这个预言与奥瑞斯特斯的梦境分析有着相似的模式。卡尔卡斯从预兆而来的预言的确是一个预告——特洛亚会陷落，诸神还会要求另一次献祭——但是预兆的语言及其解释却充满了暗示性。例如，老鹰不是被解释为仅仅杀了野兔，而是将它"献祭"——这导致了"另一个献祭"的想法以及伊菲革涅亚之死。（我在11节与13节中还将对此解释的修辞进行分析。）第二，这个预兆建立起的因果关系的模式充满着困难。在其他阿伽门农在奥利斯的版本中，伊菲革涅亚的献祭之所以被要求是因为阿伽门农的罪行。在某个版本中，是他在阿尔忒弥斯神圣的树林中杀死了一头鹿，而这是非法的；在另一个版本中，是他杀死了鹿，并且吹嘘他是比阿尔忒弥斯更好的猎人，这是为何女神惩罚了他。这两个版本有着一个简单的模式,即僭越神灵再遭受神灵惩罚。然而,在埃斯库罗斯的版本中,女神要求献祭是因为她对这个预兆——老鹰用餐——的憎恶。这如何导致阿伽门农要求献祭他的女儿的?对此问题评论家们争论不休,不过似乎可以这样解释:埃斯库罗斯的典型特点是把原本清晰的因果模式晦涩化,他把两个事件之间的联系理解得复杂而且困难——在解读事件的联系时,人类的无知与不确定性必然成为一大特点,正如作为对比的神灵的权威与控制同样如是。

因此,既然预兆提供了一个关于未来的约束性信号,那么,预兆与预言如何与事件相联系,就成为充满疑问、困惑与不确定的解读的主题。《奥瑞斯提亚》中诸多预言场景既证明了人们对未来发生之事加以控制的企图,又证明了人类控制事件轨迹时不可避免的不稳定性。

预言对确定性的无力就被描绘为行动的无力。当歌队听到阿伽门农死亡的呼喊时,这些长老们在一个不同寻常的对话中疑惑究竟发生了什么,并且什么都没能做。传统上,歌队不会进入演员的表演区域,这个传统通常会阻止歌队进入宫殿去终止对国王的杀害。但这里的对话却符合《奥瑞斯提亚》对预言与控制的关注:"难道我们只凭哀叫的迹象就能预言这个人已经被杀死?""我们必须清楚地知道才能这样说。因为猜测与清楚地知道是不一样的。"(《阿伽门农》1355-9)无知——无法根据迹象准确预言——导致无法行动。

然而卡珊德拉,这个三连剧中拥有对未来完美之知的人类角色怎么样呢？在她走向死亡时，她有一个戏剧性的动作，扔掉了她先知的行头和花冠。"就是这了，"她说，"不可能逃避，朋友们，无法拖延。"（《阿伽门农》1299）卡珊德拉的命运是不可逃避的。对未来绝对的了解意味着一个绝对决定的世界。当歌队希望通过清楚的知识和预言来控制和主宰事件时，卡珊德拉却表明确定的知识带来的仅仅是对不可回避的厄运的高度觉察。

埃斯库罗斯在这里建构的人类行动的意义并不是快乐的。对未来的怀疑与无知导致人们希望寻求一种以预言和预兆为手段的控制力；同时，这也导致一种无处不在的恐惧感。但结果是，预兆与预言不仅只是约束性的、预言性的，还充满着潜藏的隐喻。此外，对一个对未来进程完全知晓的人类角色而言，她的死不过是"像一头要上祭坛的公牛"。

如果事件的经过带来的是人对控制力的匮乏感，那么过去呢？在《奥瑞斯提亚》的世界中，过去是如何影响人类行动的？我之前在许多处都提到，对阿伽门农家庭暴力的叙事是如何延伸到过去，而卡珊德拉又是怎样专门讲述了男女之间、父母与孩子之间毁灭的历史。清楚的是，过去被看作事件发生的决定性因素。当卡尔卡斯解释老鹰的预兆时，他最后的评说指向了长久以来的诅咒，这个诅咒萦绕在家中，是阿伽门农悲剧性处境的原因。奥瑞斯特斯的双重困境同样是他父母的行动持续影响的结果。

过去对现在产生影响有两个模式被重复使用。第一个是孩子重现父母的特征。这个模式最好的例子或许就是《阿伽门农》中信使场景之后的合唱歌中所唱的著名寓言，讲的是一个小狮子的故事。有个人将一个"没有断奶的、喜爱乳头的"小狮子带回家中，这个小狮子非常温顺，对他的孩子温和、亲切。这家人与它玩耍，当它是个婴孩；而这个狮子为了果腹，对人摇尾乞怜。"但是，随着时间长大，它便露出了遗传自父母的本性；它回报人们的养育，就是大杀羊群，制造不幸，不受委命地大摆筵席，使整个房子都染满鲜血。"(《阿伽门农》727–32)这头狮子表现得温顺，但随着时间推移，它不可避免地展露了从父母处遗传的本性，而毁灭性的后果则是暴力血染 oikos。这则寓言首先是为了说明在美丽的海伦到来时特洛亚有了不该有的快乐。然而狮子的形象，家中血腥的毁灭，以及父母的特征遗传给孩子，这些都不断被用于三连剧的每个角色上，因而"家中狮子"的寓意适用于整个悲剧叙事（Knox）。因此，例如卡珊德拉称克吕泰墨涅斯特拉为"母狮"，称埃奎斯托斯为"一头怯弱的狮子"，称阿伽门农为"一只高贵的狮子"——正是因为每个角色都显露出暴力的倾向。我们已经看见奥瑞斯特斯是如何在血染的胸脯上回报养育他的母亲：当他与克吕泰墨涅斯特拉进入宫殿时，歌队唱道："这两头狮子进入了阿伽门农的家室……"(《奠酒人》937–8)在复仇女神追逐奥瑞斯特斯时，阿波罗称她们更适合"嗜血的狮子的洞穴"——因为她们预示着家庭暴力的继续。因而"家中狮子"这个寓言就讲述了父母遗传不可避免的影响——这是过去对现在的决定性力量。

第二个被反复运用的过去与现在的关系模式是生育。就在狮子寓言所在的同一个合唱歌中,歌队歌唱了另一个古老的谚语,"若有人富足,那便会生育子女,不会无嗣无后死去;从巨大的幸运中会为这个族群生育出永无餍足的绝望"(《阿伽门农》751–5)。这一概括回应了希腊道德的一个标准观念,即富有导致过度,过度导致傲慢的暴力,叫作 *hubris*。歌队继续说他们不同意这个观念,因为在他们看来,"不虔敬的行为才会生出更不虔敬的子女",然后他们总结道:"在恶人中,老的暴力〔*hubris*〕爱生出新的暴力〔*hubris*〕。"(《阿伽门农》763–5)歌队或许在区分他们自己的观点,即,恰恰是错误导致了错误,而不是常说的财富造成僭越的倾向;但在他们的反思中,却同样存在表示生育与繁殖的词汇:财富"生育"(beget),不会"没有后代"(childless)地死去,不虔敬的行为"生育"(give birth),*hubris* "生育"(give birth)。正如家中狮子重现了父母的特征,因果的叙事也被表述为生育与繁殖。

因此,过去对现在有着决定性的作用,这种关系被表述的方式通过与亲子关系共享的语言将阿伽门农家中的血亲暴力的特殊历史与一个更为普遍的行为方式相联系。这导致在奥瑞斯特斯要敲响宫殿的大门时,表述出现显著的交错。歌队唱道复仇女神"将前一杀戮的孩子引回家中,为污染及时地付出代价",或复仇女神"将这个孩子引回家中,为前一杀戮的污染及时付出代价"。这里的希腊语法严格来说是含混的。在第一种读法中,奥瑞斯特斯的归来被看作罪行的历史中最近的一个罪行:他的行动是"前一杀戮的孩子"。而第二种理解,则奥瑞斯特斯是被带回家的"孩子",要向母亲过去的暴力行为报仇。这两个"孩子"的意义交错,正如奥瑞斯特斯的家庭叙事与一般的不断重复的暴力复仇模式相重合。

令人惊讶的是,甚至到三连剧结尾,戏剧仍然表现出一种强烈的悲剧感,一个人陷于过去决定性的存在中,他对此完全没有控制力。当复仇女神接受了雅典娜的提议并开始歌颂雅典时,女神在她新的律法下将人类与复仇女神的关系歌唱为僭越者与惩罚者的关系。一个与复仇女神接触的人"不知道人生的打击从何而来。因为祖辈遗留的罪行把他驱赶到复仇女神面前,使他默默死去,就算他大声呼喊,也难逃憎恶的愤怒"(《欧门尼德斯》933-7)。女神这里认可了人类不可避免的无知——人不知道他生活中经历的灾难从何而来。因为,祖辈的错误甚至需要在未来受到惩罚。对此惩罚,没有任何解释——厄运是默默到来的,尽管所有人会大声呼喊。人类对于事件运行轨迹缺乏控制力,这个图景是灰暗的,它形成挥之不去的苍凉,萦绕在对作为社会秩序的 *polis* 的赞美中。

因此整个《奥瑞斯提亚》中,事件运行的轨迹造成了恐惧与怀疑,它作为因果转换的模式规避了人企图掌控一切的努力。这是《奥瑞斯提亚》核心的悲剧的张力,当叙事转向对 *polis* 的庆祝时,人类个人的生活图景仍是陷于无知的,被家族叙事所挟制，被无声的、不间断的、无法解释的命运所惩罚，永无止息。

11. 秩序的意象

在我关于"家中幼狮"寓言的讨论中，我曾指出三连剧中的每个主要角色是如何与这个寓言里的意象相关的。这是埃斯库罗斯典型的写作方式，不仅这个寓言赋予了一种含混而持续的意义，而且它有一个外延的意象，这个意象在这部作品中不断发展、深化（Lebeck）。因为纵横整部三连剧，是一系列相互关联的意象体系，它们随着叙事发展起来。在本节中，我将考察这些与人在秩序中的位置紧密相连的意象。

首先，我希望讨论一些祭祀的意象以及必要的希腊文化中仪式的背景知识。祭祀绝对是希腊宗教的重要组成部分。在祭祀中，有一群人仪式化地杀戮家畜并食用它们，这群人通过参与仪式组成一个群体。群杀动物的行为被一些宗教历史学家分析为一种仪式化的方式，它通过将暴力引向另一个对象——"替罪羊"，在一个共同体内化解这种暴力（Burkert, Girard）；不过对我而言，我最关心的是，祭祀是如何表达人类共同体的态度与价值观的。首先，祭祀建立了"世界"（worlds）的等级体系——祭祀将与神明世界（接受祭祀）和动物世界（提供牺牲）对立的人类共同体制度化了（Detienne and Vernant）。它进一步区分了被猎捕的野兽（如野猪）和被祭祀的家畜（如家猪）；也区分了组成共同体的人和被共同体排除的人。(当奥瑞斯特斯想向雅典娜证明他已被恰当地净化过时,他声明他在不同的共同体中都参加了祭祀仪式——换言之,他被接受为人类社会中的成员,而不是一个被污染的放逐者。)因此祭祀表达了人在万物秩序中的位置:区别于野生与驯养的动物世界,也区别于神的永生世界。第二,祭祀表现(encode)了人类文明与自然的价值体系。例如,祭祀的动物是家畜,它们是人类对自然控制的一部分;动物被撒上人类农业的产物——小麦,还有人类栽培葡萄的产物——酒。人们吃动物的肉;焚烧其骨献祭神灵,神灵只享受烤肉的香气。因此,人类与生产食物的农业土地的必然联系,以及人类必须对食物进行烹煮都与野生动物食用生肉、神灵只享用祭祀的香气与味道形成鲜明对照。所以,祭祀体现(encode)了人类的肉体性,食物的生产以及劳作的观念。第三,作为仪式的祭祀与其禁忌和对规则的谨慎奉行一同形成了有控制的杀戮制度(与捕猎和战争并列,与复仇的暴力对立),而且最终的宴飨,是颂扬这个群体的一个社会场合。

显然,恰当的祭祀行为在诸多方面都在根本上表示了人在万物秩序中的位置。在《奥瑞斯提亚》中,如果有一个图景提供了在整个三连剧中能够不断引起回想的意象,那么这个图景便是伊菲革涅亚的献祭。它使本剧中所有暴力行动都染上了献祭的色彩。然而,伊菲革涅亚的献祭是一场败坏的献祭(Zeitlin)。她"像一只山羊"被捉住,但她是人而不是动物。她被她父亲献祭。在献祭仪式中,有一个"清白喜剧"（comedy of innocence），它被用来证明动物是希望被献祭的：将水洒在动物的头上，然后再将燕麦片撒在动物身上，动物被迫点头承认仪式。然而，伊菲革涅亚是被强迫推上祭坛，她的嘴被堵住，以免她说出任何不祥的预言。接下来没有任何宴飨，反而，歌队回想起以前在宫殿中，这个女儿是如何在她父亲的桌边在这样的庆典中歌唱。伊菲革涅亚的祭祀恰恰体现了先知卡尔卡斯的担忧："另一场祭祀，非法的、没有宴飨的祭祀，天生是争斗的制造者，不惧怕任何人。"（《阿伽门农》150-1）伊菲革涅亚的祭祀正颠覆了仪式应有的恰当行为。

然而，关于特洛亚的战斗也同样被描述为一场为城邦的毁灭而作的"预备性祭祀"（《阿伽门农》65），而正如我们看到，老鹰杀死怀孕的野兔被理解为是"祭祀"他们的牺牲（《阿伽门农》136）。克吕泰墨涅斯特拉，如同往常一样，将语言发挥到极端，尤其是她面对死尸的胜利讲演中，她将她对阿伽门农三次致命的打击描述为三次祭酒——这是一个常见的仪式数字——而且，她从这种杀戮的方式中获得快感，享受这种对于仪式行为带着性冲动的扭曲。她还邀请卡珊德拉进入房间去"共享祭祀"（《阿伽门农》1037），因为"牺牲就在祭坛上"（《阿伽门农》1056）——这是一个极为讽刺的欢迎词，因为卡珊德拉就是作为牺牲参与祭祀的。卡珊德拉进入家门时，同样也把自己看作献祭的牺牲；因此十分讽刺的是，卡珊德拉不愿进入家门是因为"这座家室充满血腥的气息"，歌队空洞地回答道"不是的，这是家灶边祭祀牺牲的气味"。(《阿伽门农》1309-10)本剧的中心场景同样表现为一场扭曲了的祭祀杀戮。这头幼狮也被描述为正处于幼年"预备祭祀的生命阶段"(《阿伽门农》720),而当它展开杀戮时,它被描述为"为毁灭而生的祭司"(《阿伽门农》735)。甚至杀死堤厄斯忒斯的孩子也被称为一个献祭的杀戮(《阿伽门农》1036-7)。总而言之,《阿伽门农》中有七次杀戮的行为,而它们都被描画为仪式性的、败坏的祭祀。

然而,在《奠酒人》中,乍看之下令人吃惊的是,杀死克吕泰墨涅斯特拉并未使用祭祀的语言加以描述。奥瑞斯特斯只称家室的复仇女神正在饮"第三口酒"——这一段使人想起克吕泰墨涅斯特拉的三杯祭酒对仪式的暴力性颠覆——不过败坏的祭祀这一主题在这里并没有出现。在某种程度上,这符合本剧第一部分由正面的仪式主导的情节。在另一种程度上,这必须被看作奥瑞斯特斯弑母与克吕泰墨涅斯特拉杀夫之间的不对称的一个因素——这一不对称导向了审判的裁决,结果便是希腊文化中性别角色不对称再次得到强化。尽管奥瑞斯特斯的位置充满矛盾,但他没有被描述为一个败坏的祭祀者。

《欧门尼德斯》却显示了祭祀意象的显著复苏。复仇女神们在整个歌曲中都将奥瑞斯特斯视作一个祭祀的牺牲,并威胁说要在他活着的骨髓中吸他的血,凶暴地颠覆秩序中的祭祀杀戮。再一次,这个祭祀的对象是人,不过现在神灵是祭祀者。复仇女神威胁要实行败坏了的杀戮。

因此，三连剧中有一个祭祀意象的模式与不断重复的观点。它表明相互复仇的暴力是更大的习俗体系的败坏，也是人的位置在更大意义上的败坏。通过将每次杀戮都描述为一个祭祀，埃斯库罗斯将这些杀戮都构建为共同体及其习俗内部无序的迹象与征兆。因此这里十分重要的是，在三连剧的最后一幕中，复仇女神变成了被敬奉的神祇，接受人类的献祭（《欧门尼德斯》1037）。当 polis 的秩序被颂扬时，恰当的祭祀仪式又作为秩序的一部分回归了。祭祀的意象可以被称作"目的论的"，换言之，意象本质上被构造为指向一个特定的结果（或 telos），即在 polis 的 dikē 中，人类、野兽与神灵之间存在的恰当的关系。

还有其他意象体系有着类似的目的论的构建方式。例如，狩猎，是希腊文化中的一个制度，包含比锻炼和猎杀动物更多的意味。它是另一种群体活动，只能由男性参与，这就定义了这个群体。能够定义这个群体不仅是因为第一次狩猎被看作身体上开始成为成年男人，而且狩猎，就像祭祀一样，有助于定义一个人在自然世界中的位置。狩猎在野外进行，男人们离开了城邦，进入了城邦之外的特别地带，因此这确定了文明地带的界限。人们只追捕野生动物，因此捕猎与祭祀共同使自然世界与 polis 的文明世界的分野变得清晰。捕猎也是一种集体的、有控制的、仪式化的杀戮形式，它就像祭祀一样，为群体的宴飨和庆贺提供肉食。

或许狩猎成为与复仇反转叙事紧密相关的一个图景，这并不令人多么吃惊。这一意象首先被用于希腊在特洛亚的远征，这个远征是"猎捕这个城市"，远征军像猎人一样追寻特洛亚的踪迹。卡珊德拉被称为像一只猎狗一样发现杀戮者——而卡珊德拉与克吕泰墨涅斯特拉都将杀害阿伽门农看作为这个国王所设的一系列陷阱与罗网，这个意象戏剧性地表现为一袭浴袍，国王在浴室里被浴袍包裹。然而，捕猎者变为了被猎杀者：奥瑞斯特斯，正如一个年轻人融入了成年男人的世界（Vernant and Vidal-Naquet），猎杀了克吕泰墨涅斯特拉，并与她的尸体一起展示了她的猎杀武器。而在他被追捕时，他成为被猎杀者，"他母亲的狗"追捕着他。的确，在《欧门尼德斯》中，复仇女神一开始被塑造的形象就是像狗一样在梦中叹息，而叹息逐渐被表达为捕猎者的喊叫，"抓住他，抓住他，抓住他"（《欧门尼德斯》130）。复仇女神循着血迹来到雅典，像猎狗一样，在那里寻找"躲藏的动物"（《欧门尼德斯》252）。在三连剧的开场歌中，奥瑞斯特斯所使用的语词与被老鹰杀害的怀孕的野兔所用的语词相同——作为反转意象的叙事逻辑，猎人奥瑞斯特斯现在也变成被猎杀的动物，这将他的境况又联系至三连剧中其他被猎杀与毁灭的角色。

当复仇女神成为城邦的一部分时，捕猎的语言便发生了变化。当复仇女神在复仇的追逐中时，她们以一个夸张的形象说道，"这人血的气味在向我大笑"（《欧门尼德斯》253），而在她们祈祷城邦的祝福时，她们却说"这土地不想饮下公民流淌的黑血，也不想满足强烈的惩罚欲望，来接受城邦中凶手复仇留下的残骸"（《欧门尼德斯》980-3）。这里，复仇女神祈祷她们在剧中体现的力量消失无踪。正如败坏的祭祀意象与败坏的捕猎意象被用于表达复仇的暴力，复仇女神最后的祝愿是恢复这一败坏秩序，这就有了特殊的意义。

祭祀与捕猎都表明人既在自然世界之中又与自然世界对抗的位置，正因为如此，这些意象的体系以一种有趣的方式与戏剧中无所不在的动物意象相连，也与农业的意象以及云、雨、太阳等自然力量相连。这些意象网络本质上而言是价值观，因为祭祀、打猎与农业暗示了人的恰当位置以及恰当行为。然而，这些意象的网络在叙事中同样是"目的论的"，换言之，它们是从一种无序和败坏的境况发展向最后 polis 的井然有序的境况。这些意象因此十分关键，它们将叙事的发展与人们对人在万物之中的位置的理解相连。

然而，在典型的埃斯库罗斯的风格中，这一结构通过对"结局"主题性的关注而使得其本身呈现出一种蓄意的复杂性，特别是就希腊词 telos（teleological 的词源）而言。一个角色紧接着一个角色希望"结束"，致力于"结局"，宣称"结局"已经到来，但却发现所谓结局背后还有一连串事件。正是这样，某种程度上讲，它恰恰造成家族亲杀永不终结之感。因此，例如《奠酒人》中的歌队希望克吕泰墨涅斯特拉之死是这个家第三次也是最后一次风暴（《奠酒人》1067）："第三次风暴结束了"（tel-）（Clay）。然而，奥瑞斯特斯却说，"我不知道结局（telos）会怎样"（《奠酒人》1021），然后被送去等待"正义的结局（the telos of dikē）"（《欧门尼德斯》143）。当幼狮成年，就说它达到了 telos（《阿伽门农》727)；奥瑞斯特斯分析梦境，寻求 telos (《奠酒人》528)。还有其他许多例子。不过尤其重要的是 telos 这个术语本身的含混性。我将它翻译为"结局"或"最终"。它同样还意味着"完满"；意味着死亡的"结束"；"宗教仪式的完满"，最常见的是祭祀——因此终结的意象与祭祀的意象相连；它同样有着"偿还的""税款"的意思——所有这些 telos 的意思都在《奥瑞斯提亚》中突显。的确，这个词之所以在本剧许多最充满质疑的片段中被使用，就是因其宽泛而模棱两可的意义。例如，《阿伽门农》中，当阿伽门农进入宫殿时，克吕泰墨涅斯特拉向"全能的宙斯"祈祷(《阿伽门农》972-3)，"完成"(tel-)她的祈求，"希望你完成你想完成的"。尽管"完成我的祈求"或许是一个对神，特别是对全能的宙斯("完成者")请求时的标准术语，但阿伽门农的死(telos)同样被请求，这个死亡又被不断表现为一个祭祀(telos)。因此，在前几行中(971)，克吕泰墨涅斯特拉称她的丈夫为 teleios，"完美的"，"完成者"——这个术语传统上被用于献祭的牺牲。这也同样是克吕泰墨涅斯特拉计划的实现(telos)，以及阿伽门农为他过去的罪行所付出的代价(telos)。克吕泰墨涅斯特拉这里欺骗性的修辞操纵了祈愿者的话语，这使得她的计划在 telos 模糊的语言中可怕地呈现出来。因此，当奥瑞斯特斯等待"正义的结局"(the telos of dikē)(《欧门尼德斯》243)，这两个希腊词一同表示了一系列可能的意思，"通过正义我实现了复仇"；"法庭的终审"；"我的死作为惩罚"。这种模糊性在这一叙事的转折点上意义重大,因为它表示了奥瑞斯特斯到达雅典后一系列可能的结局。

因此,《奥瑞斯提亚》中,关于完满与结局的语言是有着某种开放性的。因此埃斯库罗斯将我一直讨论的秩序的意象与"终点"的不稳定感结合起来,这是一种对结局作为人类可控时刻的不确定感。正如秩序的意象表明了人的恰当位置,虚假结局的意象以及关于结局的语言的模糊性一同构成了关于"完成"的概念,这一完成充满着不确定与怀疑;我们已经看到,这正是埃斯库罗斯再现人类可控性的中心要义。

12. 诸神体系

正如我们知道的,《奥德赛》的第一个词是"人"。《奥瑞斯提亚》的第一个词则是"诸神",守望人向他们祈祷"解除辛劳"。《奥瑞斯提亚》最后欢颂曲的词是"宙斯无所不见,命运全都到来"。三连剧的诸神体系对埃斯库罗斯的作品(正如对所有希腊悲剧)十分重要。三连剧中不断出现祈祷和宗教仪式,在《欧门尼德斯》中,还有诸神在法庭场景亲自现身。各个角色都反映出人类活动中神灵的参与;合唱歌将这一讨论扩展到更普遍的领域;每个神祇在特殊时刻都被呼求。在创作的所有层面上,埃斯库罗斯的作品都被赋予了神灵的色彩。

这个神灵的世界并不仅仅限于由宙斯统领的十二个奥林匹斯神。它还包括诸如复仇女神、太阳神、夜神,以及其他抽象的神祇例如 Dikē（正义女神），还有怪兽、恶魔和巨人。用"诸神"这个词，就会不可避免地过分简化这个多神论体系的复杂性。人类与神灵的关系、神灵互相之间的关系都是多种多样的，我将在本节简要讨论这些关系。

我们在本书的前几节中已经看到这一讨论背景的一些相关方面。我们知道宗教是如何在 polis 生活中担当必不可少的角色，它作为一个特殊的关注领域不能被合适地分离出来。polis 的许多信仰连同它们的庙宇或神龛、祭祀和其他仪式，构成了公民生活（从战争到家庭生活，从剧场到议事会）众多面向的一部分。雅典的公民日历中有 144 天都是节庆（尽管不是所有的雅典人都会庆祝全部节日）！虽然这种崇拜活动在许多方面都可以说是守旧的，一些基本的习俗经年不变，而且此类活动被认为有助于维持现状，但我们不能认为希腊宗教就是现代意义上"正统的"或教条的宗教。例如，它们并没有固定的宗教文本，没有神职人员的等级制度，日常行为也几乎没有明确的条例规定。另外，新的信仰通常很容易被纳入系统，新的庙宇也被供奉。随着 polis 的发展，还有无数习俗与意识形态的转折。的确，公元前五世纪的启蒙运动同样集中于对神灵的批判性关注，而许多作家都不遗余力地讨论城邦神学机制所引发的问题，而这些讨论又促使人们转变了对神学的态度，并为人们提供了其他选择。

我们同样已经知道，"悲剧时刻"——悲剧兴起时的社会和思想条件——如何能被看作取决于人们对神灵的期望受到重创（因为荷马作品中神灵直接干预人类行动的描述与法律政治体系所要求的人类责任与义务发生了冲突）。我希望首先讲讲这一层面的因果关系与神灵问题。

在复仇叙事中神灵的参与被不断强调。《阿伽门农》中，特洛亚远征被认为是"由宙斯所派"（《阿伽门农》61-2）；同样，老鹰的预兆也被认为是"要派遣军队"，因为这些老鹰是宙斯之鸟，因此很容易想到这个预兆也是来自诸神的。阿尔忒弥斯阻碍了远征；而阿伽门农要杀了他的女儿来遵循神灵的指示。当特洛亚陷落的消息传来，歌队立即认为这是宙斯一手造成（《阿伽门农》361-7），正如信使认为城邦的陷落是由于"宙斯带来了 *dikē*"（《阿伽门农》525-6）。粉碎希腊舰队的风暴之所以发生是因为希腊人玷污了特洛亚的祭坛；而正如我们所见，阿伽门农的第一句话就直接面向诸神而讲。卡珊德拉讲真话却不被信任的命运被认为是她背弃阿波罗以及阿波罗占有她的结果。克吕泰墨涅斯特拉将她自己看作要杀死阿伽门农的神灵力量的执行者。

在《奠酒人》中，奥瑞斯特斯与埃勒克特拉最开始向赫尔墨斯（Hermes）祈祷；奥瑞斯特斯解释了阿波罗如何是他行动的直接掌控者；皮拉德斯则说，在神谕不应验之前，所有人都要被视为敌人（《奠酒人》900-2）。复仇被看作在神灵的庇护与推动下进行（《奠酒人》940-1）。当复仇女神向奥瑞斯特斯现身，奥瑞斯特斯便呼求阿波罗。在《欧门尼德斯》中，戏剧在一个神的住所开场，而当然，诸神卷入行动之深，以至于奥瑞斯特斯离场后，仍有三分之一的神灵戏份继续上演。

或许并不令人惊讶的是，在神灵力量直接且持续地介入人类活动这一点上，诸多评论通常会认为这部三连剧表达的观点是人类行动被神灵权威所掌控与决定。这些评论家会说，正如荷马的《伊利亚特》揭示了"宙斯的计划"，《奥瑞斯提亚》的双重困境及其解决也都取决于宙斯的计划。这一点通常与另一个评论观点相结合，即埃斯库罗斯的神学与政治学是十分保守的——因此，如保守派评论家丹尼·帕吉（Denys Page）就认为埃斯库罗斯"将一些长久树立起的关于人类与超自然世界关系的观点视为当然的信念；而他不会考虑去批评同时期梭伦（Solon）（公元前六世纪的政治家）认为传统的一些信条"。因此，在帕吉看来，埃斯库罗斯的"道德观是简单而实际的"，总结起来就是"宙斯的意志终会实现……（人）的责任就是服从"。但我们已经看到，错综复杂的人类行动的意义，事件之间的联系，以及相互矛盾的义务的悲剧性含义，这些都使得这一过于简化的观点看起来极度扭曲。那么，在这一"神灵-秩序"的叙事中，人的动机、人的选择、人的把控力还剩下什么呢？

首先需要注意的是，主张神灵控制性影响的学者们所找到的诸多叙事片段中，像帕吉这样的评论都太过草率，他们忽略了阐释的修辞作用。例如针对"特洛亚的毁灭是宙斯的杰作"——这是对《伊利亚特》"宙斯的计划"的一个回应——歌队是这样表述的："他们可以说这打击来自宙斯；这一点有迹可循。他完成了他所完成的事。有人说神灵不在意人类踏上本不该触碰的织物,但这个说法是不虔敬的。"(《阿伽门农》367–72)歌队说,特洛亚人能意识到宙斯的威力,至少这一点是清楚的。不过歌队这句话首先暗示的却是,"宙斯的计划"这样的解释中并没有包含其他诸多因素——隐藏的、不易看清的或部分的原因。然而紧接着,歌队在尝试提出一个突兀的甚至重复的总结性话语来进一步解释事件——"他完成了他所完成的事"——之后,另一个问题就随之而来,歌队称"诸神不关心人类的僭越"这一观点是不虔敬的。①(而且注意对人类僭越的描述——"人类踏上本不该触碰的织物"——为"地毯场景"做了铺垫。)换言之,歌队试图以人类与神灵行动的角度来理解特洛亚的覆灭,但这是在构建一个论点,而不仅仅是陈述事情的本来面目。诸神的角色成为人类试图理解万物的一部分。因此,《阿伽门农》合唱歌最著名的一段思考,即所谓的"宙斯颂歌"之中(《阿伽门农》160–83),歌队的确认为只有宙斯能够通过他的精明抛弃思虑的沉重负担,只有宙斯的拥护者才能获得智慧——宙斯规定理解来自经历,即便这经历是不情愿地通过神灵的"暴

---

① 作者这里的意思是,歌队的表述充满迂回的修辞。歌队的意思是逐步递进的,首先他们承认"宙斯的计划"这回事,也就是承认神灵某种程度上控制行动;但接下来歌队又怀疑了这种绝对的说法,因为造成人类悲剧的不仅仅是宙斯的计划,还有其他一些原因;所以接下来歌队才会提出"踏上织物"这个不虔敬的行为事实上诸神并不是无所谓的,而是诸神所忌惮的——否则僭越就无所谓了。换言之,造成人类悲剧的不仅是"宙斯的计划",还有人自身的僭越行为。所以"宙斯的计划"是一个论点而不是全部事实。——译注

力恩泽"学来的。歌队的确将宙斯视为至高无上的权威，他能为人们提供一种理解方式——尽管是强制性的。不过这一段文本之前是卡尔卡斯解读野兔与鹰的预兆，之后是卡尔卡斯害怕阿伽门农在奥利斯的困境。剧中并没有描绘奥利斯的延误：对宙斯的描写代替了它。阿伽门农是歌队描述宙斯力量的一个例子。但它作为暴力恩泽的例子，"从经历中得到智慧"的例子，以及"宙斯的拥护者"的例子如何发挥作用呢？"宙斯颂歌"既将宙斯树立为一个超越性的权威，又同时使得权威与人类行动之间的联系是令人恐惧的、强有力的，而在阿伽门农的例子中，它又尤其令人费解。再一次，我们看到歌队试图通过对神灵的比喻性表达来理解人类事件。人类所知的只是一部分："至少这么多……"

然而，诸神的权威与控制不仅用于人们对事件的理解，而且更确切地说，它用于人类不同的解释中，正是这些解释构建了悲剧的 agon。最为清楚的一幕是克吕泰墨涅斯特拉出现在阿伽门农与卡珊德拉的尸体上之后，歌队与王后所发生的争论。克吕泰墨涅斯特拉炫耀这两具尸体是"我右手的杰作，是正义的作品"（《阿伽门农》1405-6）；然后她郑重其事地说她杀死他们是"通过/借助/为了正义女神、毁灭女神以及复仇女神"（《阿伽门农》1432-3）；继而她声称"三倍饕餮的恶神"导致了她的行为（《阿伽门农》1476-9）；最后，她表明，"你认为这事是我做的，而我是阿伽门农的妻子。但却是那个古老的凶恶的报仇神，装扮成这个死人的妻子，报复阿特柔斯的僭越"（《阿伽门农》1487-1503）。当克吕泰墨涅斯特拉从"这是我右手的杰作"转向声称"这是家中古老恶神的杰作"时，歌队也转变了他们的立场。歌队将这场谋杀视为海伦通奸的结果（《阿伽门农》1448-61）；他们将其归咎于"恶神降临家中"（《阿伽门农》1468）——这个说法克吕泰墨涅斯特拉是认同的。然而，歌队接着唱的是，"悲伤啊，悲伤，一切都是宙斯的责任，宙斯所作。没有宙斯人类能完成（tel-）什么呢？这不是神灵决定的，还是什么呢？"（《阿伽门农》1485-8）不仅歌队认为全能的宙斯是所有事情的直接原因与推动者，而且在希腊语词源上"通过"（diai）与"宙斯"（Dios）也相关，这暗示了宙斯与推动者之间的天然联系。在这里，歌队似乎表明事件的确全是宙斯的计划，"神灵决定的"。然而，就在他们接下来的话语中（回应克吕泰墨涅斯特拉所说的恶神以女人的面目出现杀了国王），歌队又问道"谁将证明你对此杀戮不负有责任"。"不负有责任"一词，anaitios，直接对应的是宙斯"全权负责"，panaitios——这巧妙地显示出矛盾之处。如果宙斯是"全权负责的"，那么克吕泰墨涅斯特拉就是"不负有责任的"吗？这一关于杀夫的核心行动的回答讨论了人与诸神在事件中的参与，它建立起理解杀戮的不同方式，以及追溯原因的不同方式。因此，简单说发生的事情是"宙斯的计划"是不够的。这里有着远为复杂的关于解释、怀疑与辩论的修辞。

在《欧门尼德斯》中有着同样的关于责任与原因的词汇。当复仇女神第一次直接向阿波罗讲话，她们说，"你不仅仅对这些事负责（metaitios）；你一个人做了所有的事——你要负全责（panaitios）"（《欧门尼德斯》199-200）。然而，奥瑞斯特斯却称阿波罗要分担一部分责任（metaitios）；阿波罗说他会拥护奥瑞斯特斯并且他自己会负起奥瑞斯特斯弑母的责任，在审判的过程中他的确是分担部分责任。责任的分配在此成为法律指控以及指控的 agon 的一部分，在此阿波罗、复仇女神和奥瑞斯特斯都被卷入了——一位奥林匹亚神，古老神祇和一个凡人。审判——这一制度的建立正是为了分清责任与过失——就暗示了神与人之间共同的责任，以及诸神之间复杂的逻辑论证。在围绕着《奥瑞斯提亚》每个事件的因果网络中，神的必然性所扮演的角色远非"简单而实际的"。

同样，人与神之间互动所呈现的复杂性也部分源自诸神自身角色所呈现的复杂性。宙斯——总在悲剧中——只在他人的言辞中出现过，但复仇女神和阿波罗在《欧门尼德斯》中出场之前，却都在三连剧的前两部剧中被特别地提及。要得到一幅简单的完整拼图或对整个描绘做出评价并不容易（Brown）。复仇女神第一次是作为宙斯正义的代言人出场的，这是在《阿伽门农》开场的合唱歌中。同样，在特洛亚，海伦的到来——"无风般静谧的神灵"（《阿伽门农》740）——结果是宙斯派来的复仇女神（《阿伽门农》749）——好似海伦的出场本身就是复仇女神的化身，而不是要被复仇女神惩罚的僭越者。正如我们所见，卡珊德拉说阿伽门农的家室栖居着"一群正在庆祝的复仇女神，她们吮吸人类的鲜血"（《阿伽门农》1187-90）——在这里，复仇女神代表并推动了家庭内部的暴力与复仇。在《奠酒人》的结尾，复仇女神"像戈耳工，头蜿爬蛇，身袭黑裙"（《奠酒人》1048-9）出现在奥瑞斯特斯面前。歌队说，这是他疯狂的一个标志，一个幻象。然而这些"猎狗的母亲"装扮成《欧门尼德斯》的歌队（所有人都能看见），在这部剧中，她们既是克吕泰墨涅斯特拉作为母亲复仇的代言人，又在更普遍意义上，作为维持正义与万物秩序的角色。在戏剧的结尾，她们与血亲复仇的联系减弱了，而越来越被广泛地塑造为家庭与 polis 中秩序的维护者，这时她们在雅典卫城占有了一席之地，这个地方的确就是埃斯库罗斯公元前五世纪时雅典人将其作为和善女神（Revered Ones）进行崇拜之处（Semnai）。因此，复仇女神既是宙斯的使者，又是阿波罗这个宙斯使者的对手；她们既是疯狂的标志，又是正义的维护者；既是为血案复仇的令人毛骨悚然的实例，又是社会秩序的守护者，复仇女神在这些对比间摇摆。

阿波罗，这个奥林匹斯神祇，对评论者而言则显得更加难以对其进行评价。尽管他作为卡珊德拉的启发者以及奥瑞斯特斯的监护人出现，他在审判中的角色才是更根本的，它使得人们对这一神灵角色的评价两极化了。对于一些评论者而言，阿波罗是真理与纯净之神，他对奥瑞斯特斯的支持使得奥瑞斯特斯文明化的价值观战胜了血债血还。对另一些评论者而言，他关于不能把母亲真正当作亲人的这一声名狼藉的诡辩以及他在愤怒时对复仇女神的诋毁都导致阿波罗的形象被塑造为一个"不道德的律师"，而他的表现被认作在试图损害德尔菲神谕的名声，因为神谕在最近几场战役中都支持波斯。对这些夸张的描述重要的是，阿波罗，这个声称自己说真话的神祇，并没有赢过人类陪审团，投票的结局是平手。同样，雅典娜，一方面当她发表关于男人与女人的角色的意见时，她应和了阿波罗的一些论断，但另一方面，她又同时紧接着提起复仇女神关于恐惧与正义的意见——在投票反对她们之前。换言之，在戏剧里诸神之间并没有达成一致意见，而人类对诸神的回应也没有达成一致意见。在悲剧中，赋予人类行动特征的相互冲突的义务反映在了诸神层面上——这提醒我们，对于一个现代西方观众而言，在接受一个多神论系统的文学、信仰与实践时是多么困难。

诸神的体系对理解人类的位置与秩序非常重要。然而，这一体系并没有简单地控制或决定人类事件的走向。埃斯库罗斯描绘的人与诸神之间的关系，一方面是恐惧、怀疑、迷失的来源；另一方面也是颂扬、拥护与秩序的来源。

在本章的第一部分——"为城邦而立的宪章？"——我们看到《奥瑞斯提亚》是如何发展到对 polis 秩序有条件的颂扬，在这第二部分，我们看到埃斯库罗斯在思考人类在秩序体系中的位置时，还表现了无知、不确定性以及失控，这些都是人类生活的基本特征。在埃斯库罗斯的悲剧叙事中，人类存在的怀疑和恐惧与 polis（人类存在的原则）的荣耀之间的张力仍然是中心议题，也是《奥瑞斯提亚》中对人类行动的复杂描绘的核心。

诗体的文本

我已经翻译引用了《奥瑞斯提亚》的一些关键段落，而且试图在可能的地方指出翻译的困难与模糊性。但凡写作关于埃斯库罗斯的任何议题，不面对这些问题是几乎不可能的，因为每一场景、每个合唱队都组成诗行，而这些诗行在不断积累的过程中变得意义丰富，十分复杂。几乎任何段落都可以被选为迄今为止所创作的最为出众的戏剧诗行——或许只有莎士比亚后期作品的一些段落可以与之媲美——不过我从每部剧各选择了一个段落，这些段落一方面将我们前面讨论的一些主题串联起来，另一方面也显示出剧作家的写作所达到的广度。我为每一个段落都选择了最富影响与盛名的英文翻译（或不止一种），我们也可看看译者们各种各样的回应并考察他们所面对的各种选择。

13. 强烈的吟唱预言

我选择的第一段诗行是《阿伽门农》进场歌中的段落，它是卡尔卡斯预言的最后两行。这是吟唱诗行，由歌队和着音乐唱出，我下面给出拉丁语化的诗行：

mimnei gar phobera palinortos

oikonomos dolia mnamōn mēnis teknopoinos.

劳埃德-琼斯（Lloyd-Jones）这样翻译道：

For there abides, terrible, ever again arising,
a keeper of the house guileful, unforgetting, Wrath child-avenging.

［因为这里逗留着，可怕的，不断出现的，

家室的守护者诡计多端，好记仇，有着为孩子复仇的怒火。］

然而，菲格尔斯（Fagles）这样翻译：

Here she waits
the terror raging back and back in the future
　　the stealth, the law of the hearth, the mother——
　　　　Memory womb of Fury child-avenging Fury !

［在这里她等候着

恐怖在未来一而再，再而三地肆虐

这个鬼祟，家灶之法，母亲——

　　复仇女神记忆的子宫，为孩子报仇的复仇女神！］

我们需要回忆一下当时的情境：老鹰的预兆使得卡尔卡斯担心神灵会要求另一个可怕的献祭。这些诗行则表达了他之所以这样担忧的原因。这是一段以家族诅咒、复仇叙事、恐惧主题、家庭暴力以及过去对现在的影响为中心的段落。

它的复杂性——居然允许如此不同的两种翻译!——来源于其语法结构，词汇，及其意象与三连剧整个叙事所联系的方式。让我来阐释这一段落: *mimnei gar*，"因为这里仍有": 被着重地置于第一个词。动词"仍有"(there remains): 指出了已经描述过的事件的模式是连续的。这个动词还被用于诸如不可避免的复仇与反转模式，也就是宙斯的律法: **mimnei de mimnontos** *en thronōi Dios, pathein ton erxanta*，"这里仍有宙斯的标志，他仍保有王位，他的标志即作恶的人受苦"(《阿伽门农》1563-4)。因此，每当三连剧中的角色在事件不断变化的决定中寻求稳定性时，这个动词就出现了。因而这里，神灵可能会要求另一个祭祀是因为有仍然持续着的东西。

这个动词的宾语则是这个段落剩下的所有的词。仍然持续的东西是，第一，*phobera*，"令人恐惧的"。我们看到恐惧在《奥瑞斯提亚》是一个挥之不去的情绪。这里，仍然持续的是即刻的恐惧——这个段落预示了未来所有的恐惧，预兆与诅咒对此产生影响。仍然存在的还有 *palinortos*。不像此行的前三个词，这个词是一个十分不常见的诗体形容词(事实上，这个词在保存下来的希腊文本中只在这里出现过)。它的意思是"卷土重来"。*palin*，这个复合形容词的前半部分，准确地说，意思是对复仇而言核心的反转与重复("再来")的逻辑; 这个动词的词根是 -*ortos*，指的是"上升""仓促""被激起的"——换言之，仍然存在的东西是活跃的，被触发的，因此菲格尔斯的"在未来一而再，再而三"，是想要捕捉住这个形容词力量的大胆翻译。

仍然存在的还有 oikonomos。这是这句话的第一个名词。oikonomos 的意思是"家庭的管家"["经济"(economics)一词由此而来]。这个名词将叙事的重心放在了 oikos 上。尽管阿伽门农在兵营中，但祭祀的缘由却指向了家庭。正是这个词，首先给人带来一种明确的关于家庭的恐怖感觉。这也同时是一个令人吃惊的词汇，它既意味着家庭的管家克吕泰墨涅斯特拉（我们已听过她指示——管理——守望人），又意味着一个更普遍意义上的管理家庭成员的力量（这一重合表明了克吕泰墨涅斯特拉是如何完成在家族历史中所扮演的角色，也表明家庭历史是如何在克吕泰墨涅斯特拉身上找到了解决之道）。

然而，这句话中的另一个名词是 mēnis，意为"愤怒""暴力性的愤怒"。这是《伊利亚特》的第一个词，也是史诗中的一个关键主题——英雄阿基琉斯暴力的、摧毁性的愤怒。在那部作品中，"愤怒"一词只用于形容阿基琉斯和诸神，由此强调了一种特殊的暴怒力量。然而，通过这两个名词，我们必须意识到两个方面的语法困难。第一，我们十分不清楚这两个名词哪一个才是句子的主语，哪一个是同位语。换言之，此段落的意思是"仍有暴力的愤怒，一个令人恐惧的家庭的管理者再度重来"呢，还是"仍有一个令人恐惧的家庭的管理者再度重来，该暴力的愤怒"呢？第二，我们还不清楚的是哪个名词由 dolia 和 mnamōn 这两个形容词修饰，这两个形容词的位置处于两个名词之间（或其至不清楚 dolia 是否是名词，"一个诡计多端的女人"）。大多编者将 dolia 作为 oikonomos 的形容词，mnamōn 作为 mēnis 的形容词，"诡计多端的家庭管理者"，"牢记心头的愤怒"，但这个搭配严格意义上是不确定的，而有可能这两个形容词同时修饰了这两个名词。菲格尔斯将 dolia 翻译为"鬼祟"（stealth）以保留其模糊性，并将这个词与本句中其他词并立；劳埃德-琼斯则严格遵照了希腊语的顺序。dolia 的意思是"诡计多端的"，而当这个词与 oikonomos 结合，则暗示了克吕泰墨涅斯特拉的那个欺骗，以及家庭中的复仇叙事将会依靠欺骗这种方式重复发生。歌队正是祈祷 dolia peithō，"欺骗性的劝说"，来为奥瑞斯特斯进入皇宫助一臂之力。oikonomos dolia，"诡计多端的家庭管理者"，同样让人想起奥德修斯的妻子佩涅洛佩作为对比，她在《奥德赛》中通过欺骗维护了自己的家庭。（我们看到自《奥德赛》起，这两个家庭在希腊文学中不可避免的联系。）除了《奥德赛》中奥瑞斯特斯是特勒马库斯的榜样，佩涅洛佩与克吕泰墨涅斯特拉在史诗中也不止一次被明确地对比过。因此，oikonomos dolia，"诡计多端的家庭管理者"，在父权制的 oikos 的范本中显示出对骗人的女人所给予的不同评价。然而，如果 dolia 与 mēnis 结合，"狡诈的愤怒"，那么它就表明推动复仇的暴力愤怒隐藏自身以及运用欺骗手段来达到目的的方法。

　　mnamōn 指的是"牢记"，它强调了 mimnei "仍有"的意味。仍留存的东西并没有在时间的流逝中变得模糊或被人遗忘（而是"又卷土重来"）。如果它与 oikonomos 结合，则意味着克吕泰墨涅斯特拉多年来滋长了她的愤怒的方法，也意味着阿伽门农离家十年也不会阻止家族的诅咒记起他的僭越并要求他偿还报应的方法。如果它与 mēnis 结合，则意味着"暴力的愤怒"并没有和解（这是《伊利亚特》的结局），而总是怀有怒火。

最后一个形容词是 teknopoinos，像许多希腊语的复合形容词一样，这个词能够同时有主动与被动的意义，既是"为一个孩子报复"也是"被一个孩子报复"。我翻译为"报复的 / 被报复的"的部分，也就是 poin-，这个词根反复出现在三连剧中，它既意味着惩罚又意味着偿还——这是"交换与正义"的社会语言的核心。"孩子"一词，teknon，无须强调便是三连剧中最为常见的一个词语：我们已经看到它如何由一种特殊的力量笼罩着，这种力量不仅出现在审判场景的讨论中，而且也出现在生育以及界定亲人特征的语言中，这一语言恰恰在关于惩罚与偿还（poin-）的叙事中被用于表达事件之间的联系。这个形容词主动与被动意义的模糊性是十分重要的。因为复仇的历史也同时是几辈人之间暴力的历史，在其中父母与孩子一再兵戎相见，相互复仇。阿伽门农杀死了他的女儿，克吕泰墨涅斯特拉为她的死报仇。奥瑞斯特斯杀死了母亲，孩子为父亲报仇，甚至埃奎斯托斯也认为他在阿伽门农之死这一事件中扮演的角色是报复阿特柔斯的儿子，为阿特柔斯罪恶地对待堤厄斯忒斯报仇，即埃奎斯托斯之父。这一行最后的形容词在其模糊性中囊括进了代际复仇的叙事，以及反复惩罚的叙事。

因此，卡尔卡斯预言的前两个词，预示了一个解释（gar，"因为"），并提出仍有某些东西存在。然而，在诗句的推进中，复杂的语法以及词汇层层累加的寓意将解释变得模糊不清，叙事动机在这种模糊感中指引叙事的推进。吟唱的紧凑与预言的含混性相结合，便造成了这样一种表达，它将一系列词汇关联在一个相互联系的网络中，这个网络继而在整个《奥瑞斯提亚》中寻找更为深远的意义。如此繁复而强化的诗行是典型的埃斯库罗斯合唱歌，它在《奥瑞斯提亚》中尤其典型：语词的纹理编织在一起，与概念的范式一同制造了关于万物，即关于宇宙论的有力而极具包容性的表达。

14. 暴力的交流：戏剧性的对话

我希望考察的第二段诗行来自《奠酒人》，这段诗行是克吕泰墨涅斯特拉与奥瑞斯特斯面对面时的一段高度戏剧性的对话。我还是先将希腊语转换为拉丁化文字，然后给出一个翻译，这次的翻译来自格恩（Grene）和拉铁摩尔（Lattimore）（虽然没有他们的舞台指导）：

> Clyt. *ti esti khrēma? tina boēn histēs domois?*
> Servant *ton zōnta kainein tous tethnēkotas legō.*
> Clyt. *oi' gō, xunēka toupos ex ainigmatōn.*
> *dolois oloumeth' hōsper oun ekteinamen.*
> *doiē tis androkmēta pelekun hōs takhos.*

     eidōmen ei nikōmen ē nikōmetha.

     entautha gar dē toud'aphikomēn kakou.

Orestes *se kai mateuō. tōide d' arkountōs ekhei.*

Clyt.   *oi' gō, tethnēkas, philtat' Aigisthou bia.*

Orestes *phileis ton andra? toigar en tautōi taphōi*

     keisēi, thanonta d'outi mē prodōis pote.

Clyt.   What is this and why are you shouting in the house?

Servant I tell you, he is alive and killing the dead.

Clyt.   Ah so. You speak in riddles but I read the rhyme.

    We have been won with treachery by which we slew.

    Bring me quick, somebody, an axe to kill a man,

    And we shall see if we can beat him before we go down—so far gone are we in this wretched fight.

Orestes You next: the other one in there has had enough.

Clyt.   Beloved, strong Aegisthus, are you dead indeed?

Orestes You love your man? You shall lie in the same grave

With him, and never be unfaithful even in death.

[克吕泰墨涅斯特拉	怎么回事,你为何在屋内大喊大叫?
仆人	我告诉你,他还活着,杀死了死人。
克吕泰墨涅斯特拉	啊,原来如此。你说得像谜语但我解其中奥秘。 我们已被背信弃义战胜了,我们杀人本靠它。 快给我,有人没有,给我一把杀死男人的斧头, 而我们将看看是否我们倒下前将他击倒 ——我们已深深陷入这不幸的战斗。
奥瑞斯特斯	你就是下一个:另一个在这里的已经足够领受。
克吕泰墨涅斯特拉	亲爱的,强大的埃奎斯托斯啊,你的确已经死了吗?
奥瑞斯特斯	你爱这个男人?你将与他躺在同一个坟墓,即便死了,也不要不忠实。]

克吕泰墨涅斯特拉问房间内是什么声音，而仆人用一个谜语回答她，这个谜语不仅回避了埃奎斯托斯和奥瑞斯托斯的名字，而且在语法上既可以被翻译为"死人杀了活人"，也可以是"活人杀了死人"——这个模糊性在英语中已经丧失了。（在这两种翻译中，"死人"，*tous tethnēkotas*，是复数，而"活人"，*ton zōnta*，是单数。）第一种解释是优先的。它既意味着奥瑞斯托斯，这个被认为是死了的人，杀死了埃奎斯托斯；也意味着阿伽门农被复仇，他从坟墓中发出的求助在哀歌（*kommos*）中被召唤、祈求；甚至这个家中整个死亡的历史都在索求另一次谋杀。克吕泰墨涅斯特拉解答了这个谜语，并立即认识到复仇与反转的逻辑：*dolois oloumeth' hōsper oun ekteinamen*，"我们已经被欺骗（*dolois*）毁灭，正如我们当初用它杀死别人一样"，或正如格恩和拉铁摩尔的翻译，"我们被背信弃义战胜了，我们杀人本靠它"。我们已经知道，交流是《奥瑞斯提亚》的一个中心主题，而正如克吕泰墨涅斯特拉的机巧言辞将阿伽门农带向他的厄运，言辞的诡计帮助奥瑞斯托斯成功地进入宫殿，一个篡改的信息把埃奎斯托斯毫无警戒地骗回来被杀死，这个谜语——揭露真相的诡辩言辞——也是克吕泰墨涅斯特拉了解她即将到来的命运的方式。谜语与解读贯穿整个《奥瑞斯提亚》，始终是谜的谜语——所有这些都是信号 - 解读的场景。这个对话显然不必作为谜语与解答加入这个框架，它将我们的注意力引向了叙事链条中的那个联结点，这是主题的延续。

被诡计（*dolois*）毁灭，这不仅使我们想起我在前面段落讨论过的诅咒中的诡计（dolia）因素，而且使我们尤其想起奥瑞斯特斯自己对阿波罗命令的描述（《奠酒人》556-7），他说"当他们用诡计（dolōi）杀死一个品德高尚之人时，他们也会被一个诡计杀死（dolōi）"。克吕泰墨涅斯特拉的言辞不知不觉中同样实现了阿波罗神谕的内容。人类的语言比讲话者自己所知的含义更丰富。

克吕泰墨涅斯特拉叫一个人尽快给她一把 androkmēta pelekun，"一把杀死男人的斧头"，这是格恩和拉铁摩尔的翻译。形容词 androkmēta，"杀死男人"，"使男人精疲力竭"，在两方面指出了性别的搏斗。第一，它使人想起她杀死她的"男人"，她的丈夫（andro- 同时意味着"男人"和"丈夫"）；第二，这把斧子是防御奥瑞斯特斯的，而奥瑞斯特斯正在努力成为"男人"——对他自己家庭负责的完全的成年男人。她这样表达她与儿子的冲突，"让我们看看是我们胜利了（nikōmen），还是胜利打败了我们（nikōmetha）"（很遗憾，同一个动词的反复在格恩与拉铁摩尔的版本中没有了）。nikē，"胜利"，这个观念在《奥瑞斯提亚》中极端重要，基本上它被用于表达在冲突中争夺控制权。"胜利"是每个 agon 的目标——直到雅典娜与复仇女神和解，雅典娜说（《欧门尼德斯》795），"因为你们还没有放弃胜利，ou gar nenikesth"。这里，克吕泰墨涅斯特拉充分地理解两极化的性别冲突的排他性：要么绝对的胜利，要么绝对的失败。然而，nikē，"胜利"，同样与冲突叙事中另一个关键词汇持续地相互呼应，即 dikē。因此，雅典娜在审判投票后，继续对复仇女神说"因为你们还没有放弃胜利……all' isopsēphos dike","但是 dıkē 已经是平票了"。当奥瑞斯特斯成为 dikē 的行动者时，dikē 作为复仇、毁灭或惩罚的意思则被描述作为追求 nikē 的冲突所限定了。

奥瑞斯特斯入场了：se kai mateuō，"我也追捕你"。格恩与拉铁摩尔省略了这个动词，但是 mateuō，"我追捕"，被恰当用在追寻线索的狗上，因此奥瑞斯特斯将自己呈现为一个猎人（正如他将成为"她母亲的狗"的猎杀对象）。"诡计多端的猎人"（dolois...mateuō）是一个在希腊文化中经常与年轻男性相联系的形象，因为他要被纳入成年男人的世界（Vidal-Naquet）。当奥瑞斯特斯临近杀死母亲的时刻，他同样被描述为临近男人的状态。而杀死男人的斧子却有可能阻止他成为男人。

克吕泰墨涅斯特拉从奥瑞斯特斯轻蔑的话语中（tōide d'arkountōs ekhei，"他已足够领受"，不同于荷马，埃斯库罗斯将埃奎斯托斯的死处理得轻描淡写，这是典型的轻蔑）意识到她"最爱的人"，philtat'，已经死了。奥瑞斯特斯接着她的两个词 philtat' 与 androkmēta，"最爱的人"和"使男人精疲力竭"，问她 phileis ton andra，"你爱这个男人？"。然而将 phileis 如常规一样简单翻译为"你爱"是容易令人误解的。因为这个词语在希腊语中表示了比吸引或罗曼蒂克联结而言更多的相互义务与责任。奥瑞斯特斯通过使用这个词语强调他认为她的通奸是一个社会性的僭越——一个违犯她丈夫（andra）的罪行，以及她在家庭义务与责任上的失败。

因此，他用精致的修辞总结道，"那么你将躺在同一个坟墓。再也不要背弃死人（*thanonta*）"。格恩与拉铁摩尔的翻译是"即便死也不要不忠实"（除了增加一个强调，"即便"），误解了 *thanonta* "死人"的意义，因为这个词在一个层面上指埃奎斯托斯，她在死后将要永远躺在身旁的人——对她的奸情忠实；但在另一个层面上，这个词指阿伽门农，另一个死人，她将再也不会（与埃奎斯托斯一同）背叛他。奥瑞斯特斯的话语使人想起仆人的谜语"死人杀了活人"，克吕泰墨涅斯特拉就因杀死了她的男人而被杀死了。因此奥瑞斯特斯的话强调了通奸以及凶杀是惩罚她的原因。

这个高度集合的戏剧性对话片段既迅速又激烈。它同样是繁复累积的交流，这个交流将母子对抗的舞台行动置于主题结构的网络中。我已经详细描述了埃斯库罗斯如何表达关于人类行动的高度复杂的观点；这里我们看到在关键的戏剧行动时刻，对话的语言如何运作来显露事件的复杂本质。

15. 政治性修辞

最后一个段落，我希望考察《欧门尼德斯》中雅典娜在阿瑞斯山建立法庭的诗行。正是在这些诗行中，人们最为频繁地讨论了埃斯库罗斯与 *polis* 的直接关联，即与他的观众发生的互动；同时，在考察了一段合唱歌与一段对话之后，此段诗行还提供给我们考察长篇演说（*rhēsis*）的机会，这是埃斯库罗斯戏剧写作的另一个基本部分。然而，在此，我只能考察这一演说中的几行言辞。雅典娜将阿瑞斯山法庭设在山丘（*pagos*）；

在这里,雅典的国王忒修斯在与亚马逊人打仗之前向战神(Ares)举行了献祭。法庭的建立因此就与城邦神话的文本紧密联系。忒修斯是雅典 polis 的建城者。亚马逊人(在许多庙宇与其他艺术作品中多有描绘)是典型的负面女性角色,她们颠覆了所有人对女性角色的预期,她们暴力,全副武装,敌视男人;因此在克吕泰墨涅斯特拉的审判之前,提起这一图景便意味深长了。雅典娜说道:

> *en de tōi sebas*
> *astōn phobos te xungenēs to mē adikein*
> *skhēsei to t' ēmar kai kat' euphronēn homōs,*
> *autōn politōn mē' pikainontōn nomous;*
> *kakais epirroaisi borborōi th' hudōr*
> *lampron miainōn oupoth' heurēseis poton.*
> *to mēt' anarkhon mēte despotoumenon*
> *astois peristellousi bouleuō sebein*
> *kai mē to deinon pan poleōs exōbalein.*(《欧门尼德斯》690–9)

托尼·哈里森(Tony Harrison)版的《奥瑞斯提亚》首先在伦敦的国家剧院(National Theatre)上演,他是这样翻译的:

> The people's reverence and the fear they're born with

will restrain them day and night from acts of injustice
as long as they don't foul their own laws with defilement.
No one should piss in the well they draw drink from.
Autarchy! Tyranny! Let both be avoided
nor banish fear from your city entirely.

［人民的敬意以及生而有之的恐惧
将昼夜约束他们不正义的行为
只要他们不以脏水违犯他们自己的法律。
无人应当向他们饮水的深井中撒尿。
寡头制！僭主制！让这两者都被阻止
也不要将恐惧从你的城邦中完全驱逐。］

此段诗行的每个文字无论在戏剧的叙事中还是在剧场的政治背景中都充满意义。sebas，翻译为"敬意"，意味着"尊敬"，这就允许等级秩序继续存在。而在《奠酒人》中恰恰是因为缺乏 sebas，阿伽门农家中变得无序。现在这个词语从家庭延伸到雅典"人民"——astōn——的政治领域，人民在广泛意义上同时包含了自由的男人和女人。不过，sebas astōn 这个短语或许还伴随有趣的模糊性。它是意味着"公民对阿瑞斯山的敬意"呢？——换言之，法律的坚守靠的是公民对法律制度的尊敬吗？还是说，它意味着阿瑞斯山显示出对公民的尊敬呢？——即，民主制度中的决策审判机构是对人民负责，而法庭本身必须尊重公民吗？以上两种解释在语义和语法上都是可能的——这一模糊性显著地追溯了在阿瑞斯山法庭改革动乱中的各种政治主张。到底是谁对谁负责？

与敬意相伴而来的是 phobos，"恐惧"：这个词遍布《奥瑞斯提亚》，而现在它成为预防不正义的一个积极情感。这种恐惧是 xungenēs，即"同类的"，也就是"同一种族的"，正如"尊敬"一样；它或也意味着"内在的"，也就是"生而有之的"——正如我们已经知道的，它内在于这个种族的性格中，这是叙事的主题性关注。现在，是习性避免了不正义（adikein，dikē 的反义词），这个习性通过新的法律制度传递出来。"敬意与恐惧"将"昼夜"预防犯罪。这里"昼夜"的意思不仅是"总是"，还使我们想起《奥瑞斯提亚》中常见的光明与黑暗的意象，这个意象将犯罪与黑暗、阴暗、隐藏的诡计相联系。（因此，同样，复仇女神是黑夜的女儿。）看见或看不见，"敬意与恐惧"对不正义的约束都一直发生作用。然而，约束的效用依靠的是公民（politōn 是"公民"的完整拼写）不改变或不触犯他们的法律。（遗憾的是，这个希腊语动词由于原稿损坏而没有意义了："改变"是最为常见的修订版本；哈里森版的"触犯"则不那么常见。）这一政治要求通过恳请自然世界得到了支持：清净的饮用水不允许被"脏水"污染——"撒尿"，这是哈里森独特的翻译。洁净与清洁的"自然"价值观念与肮脏和污染对立，这巩固了女神的制度。

那么,这个政治要求是什么呢?一些评论家认为雅典娜说得很泛泛:一个组织良好的社会是由稳定的法律系统来界定的。尤其——法律规定——雅典关于杀人的法律不能被更改(Macleod)。然而既然这是一个在阿瑞斯山法庭的演讲,并且雅典关于阿瑞斯山法庭的政治争论如此激烈,所以多数评论认为雅典娜的说法其实是更加尖锐的。不过对于这一点,评论家们同样争论不休。一些评论家认为埃斯库罗斯反对阿瑞斯山法庭的改革,因为在雅典娜的演讲中,法庭受到了赞扬,并且禁止改变的命令是如此强硬:她说,法庭的建立是永恒的。而另一些评论家却指出,埃菲阿尔特斯对阿瑞斯山法庭的改革缘由恰恰是"新增的事物"需要被根除:阿瑞斯山法庭应当回复其原本的、恰当的功能。因此,评论家说,当雅典娜在阿瑞斯山法庭的第一个审判中就警告公民们不要改变她建立的法律时,这个城邦的女神被认为是支持埃菲阿尔特斯的民主纲领的(Dover)。然而,其他评论家认为当埃菲阿尔特斯的改革被接受时,这个演说也对任何进一步的改变提出了警醒,因为进一步的改革在公元前485年时已在酝酿之中。

然后,因为雅典娜的演说涉及民主 polis 的理想,所以对"敬意""正义"与"法律"的信仰在余下的诗行中引向了对寡头制与僭主制刺耳的谴责[这些话密切地呼应了复仇女神关于正义的建议,她们唱道"既不要赞美寡头制的生活,也不要赞美僭主制的生活"(525-6),*mēt' anarkton bion mēte despotoumenon ainesēis*]。对非法与僭主制的两极化定义将民主制构建为一个必要而正确的中间地带。这是雅典娜的劝告（bouleuō），她正式地建议，"敬意"也好（sebein，对应之前的 sebas），"敬畏"也罢（to deinon，与 phobos"恐惧"相应）——这两个词被哈里森简化为"恐惧"——这两者都不应该被驱逐出 polis，这是她演说的原则。因此围绕着改革与法律明确论述的是对敬意与畏惧作为政治美德的反复吁求——政治美德，是最普遍也是最无褒贬的评价词汇（Dodds；Meier）。因此，任何一点都被纳入了对城邦美好生活的总体性关注之中。

雅典娜在此处以及在别处所强调的美好生活、避免公民秩序混乱以及驱除不正义都让人很难确认她就只包含一个"党派"的政治观点；因此，正如我们所见，她对改革的评论也开放给不同的解读。或许，我们最好以索莫斯登（Sommerstein）的话来作结："每个观众都会凭着他自己的偏见来理解它。"或者，正如我在本书中已经讨论过的埃斯库罗斯的诗作与戏剧的其他方面，《奥瑞斯提亚》的政治话语勾勒出的是一个交战的场所，而不是一个简单的教诲场景。

第三章 《奥瑞斯提亚》的影响

16. 从索福克勒斯到女性运动

在此详细讨论这一里程碑作品两千多年来的文学以及戏剧影响是不可能的。在这最后一章我也不会列数一系列的名字或著名的演出，而是选择这部伟大作品在后世研究与文学中发生影响的三个关键时刻。

第一个也是最明显受到影响的就是雅典其他两位戏剧家，欧里庇得斯与索福克勒斯。这两位作家都不断回到《奥瑞斯提亚》。在他们现存作品的各处，都有着针对埃斯库罗斯的语言、戏剧技术和舞台设置的不可悉数的模仿；不过影响的焦虑最强烈显现的是在他们各自的《埃勒克特拉》（*Electra*）中。遗憾的是，欧里庇得斯与索福克勒斯写作《埃勒克特拉》的时间已不知晓。但是这两部作品都将《奥瑞斯提亚》，特别是《奠酒人》作为它们的模型。因此我将简要讨论这两部作品如何改写了埃斯库罗斯对荷马的改写。

索福克勒斯的作品总是极端主义的病理学式的。在每部作品中，他所呈现的人物形象都致力于个人荣誉与个人成功，这些人越来越与社会发生持续的、让人悲痛的冲突，并且最终与集体极度不和。这些所谓的索福克勒斯式的英雄（Knox; Winnington-Ingram; Segal）体现的悖论是，为了成就伟大，就要越过社会容忍的界限：僭越与卓越都含有过分的意义。然而在他的《埃勒克特拉》中，关注焦点并非奥瑞斯特斯——这是埃斯库罗斯的范式——而绝对是埃勒克特拉。（索福克勒斯的戏剧是独部剧：他参赛上演的三连剧的其他两部剧都是没有关联的事件——当然，尽管它们是主题相关的。）舞台的中心是埃勒克特拉热切而激烈的复仇任务以及随之而来的感情与道德的扭曲。实际上，奥瑞斯特斯在第一场中与皮拉德斯入场，并在他听到埃勒克特拉从房里传来的第一次哀哭后就离场了；他自此消失，直到最后一幕的复仇场景时才再次现身。而正是这最后一幕——其文字充满了对埃斯库罗斯的回应——最清楚地显示出索福克勒斯的《埃勒克特拉》与埃斯库罗斯的《奥瑞斯提亚》背道而驰。奥瑞斯特斯在屋内与母亲对抗并杀死了她，而埃勒克特拉却一个人在舞台上，与歌队站在一起。在这个令人毛骨悚然的、恐怖的场景中，我们听到屋内克吕泰墨涅斯特拉在祈求儿子的仁慈，这是对埃斯库罗斯的克吕泰墨涅斯特拉的呼应。然而这里我们并没有听到奥瑞斯特斯的任何回答。反而，埃勒克特拉叫嚣道"再击倒她啊，再击倒她啊"。在埃斯库罗斯的剧中，母亲的祈求导致了那个著名的时刻，那时奥瑞斯特斯犹豫了，而在皮拉德斯根据神谕再次赋予杀戮正当性之后，奥瑞斯特斯才认可了杀戮；而这里，我们既没有看到犹豫也没有听到认可。反之，戏剧化的是，埃勒克特拉热切地推动杀戮。她毫不怀疑。

的确，在杀死克吕泰墨涅斯特拉后，奥瑞斯特斯将埃奎斯托斯领进屋内，这时戏剧结束了。没有复仇女神的疯狂与追捕，没有雅典人也没有法庭，没有讨论也没有针对诉讼的投票。此剧的最后一个词是"结束"（*tel-*）——而这与埃斯库罗斯相比还有更令人惊讶之处：《奥瑞斯提亚》的结束是城邦中的火炬游行；而《埃勒克特拉》的结束是在无声的、黑暗的、凶杀的房屋中。对弑母的沉默是整部剧所采取的态度。几乎没有关于弑母合法性的讨论，而且只有两段文字简单而模糊地提到了神谕，除此之外，几乎没有更多关于神灵动机的直接关注，这本在《奥瑞斯提亚》中十分关键。因此，对于一些读者而言，索福克勒斯的戏剧是从埃斯库罗斯的重重问题中返回荷马，在荷马这里奥瑞斯特斯被塑造为典型的英雄。对另一些读者而言，这部剧将神明规定的复仇的必要性戏剧化了，这种必要性冷酷而不可逃避。而对其他读者而言，这里的悲剧恰恰是奥瑞斯特斯没有问出正确的问题——一种道德迟钝导致弑母的惨剧。不过，有一点至少是清楚的。索福克勒斯去除了埃斯库罗斯戏剧主体中所有的裁决与评判的机制——由讨论与反思事件所引发的正式的审判裁决。索福克勒斯是让观众去审判、裁决事件，让观众看到要评判他所呈现的弑母问题究竟困难在哪。索福克勒斯的沉默要求观众的参与。

如果索福克勒斯的奥瑞斯特斯杀死母亲后并没有审判的戏码，那么在欧里庇得斯的《埃勒克特拉》中，则对奥瑞斯特斯有着直接而且负面的评价。卡斯托尔神（Castor）出现在最后一场中为整部剧作结。他说克吕泰墨涅斯特拉或许接受了 *dikē*，但"你没有 *dikē* 地行事"。奥瑞斯特斯在荷马中是一个模范；在埃斯库罗斯笔下，是悲剧的双重困境的代表；在索福克勒斯剧中，没有被审判，但也没有被褒扬；在欧里庇得斯这里，这位神却直接说他弑母是错误的。

剧作家对埃斯库罗斯回应最明显地体现在相认场景中。埃勒克特拉——在欧里庇得斯典型的反转中——嫁给了一个贫穷的农夫（尽管她没有圆房）。奥瑞斯特斯，在去过他们父亲的坟墓之后，乔装来到这个偏远的农庄。一个老人从坟墓赶来，告诉埃勒克特拉她的弟弟回家了。他提供了奥瑞斯特斯返乡的三重证据，这恰恰是埃斯库罗斯在《奠酒人》最复杂的场景中所用的三重标志——一束头发、脚印以及一块布。欧里庇得斯笔下的埃勒克特拉根本没有与她亲爱的弟弟相认，反而以一种细致的理性主义驳回了所有证据：男人的头发与女人的头发不一样，而即便在同一家庭中，人的头发通常都不同；地面太坚硬不可能留下脚印；而且除非奥瑞斯特斯的衣服与他一起长高，否则他不可能现在还穿着当初她做的衣服——况且在奥瑞斯特斯离开时她是不是已经大到能够织衣也都是问题。这个场景时常因其对埃斯库罗斯明显的拙劣模仿而激怒审慎的学者们。然而，这里其实有一个严肃的问题，即埃勒克特拉的理性主义导致了错误的结论——这部剧中剖析了错误的判断，尤其是对英雄范式的误导性认识，是如何共同导致了悲剧的暴力。埃勒克特拉这里就是又一个错误的判断。

欧里庇得斯与索福克勒斯都明确而详尽地学习却又反叛了他们伟大的前辈。正是在这些作家的互动中，西方戏剧的继承者诞生了。

我希望提到的第二个时刻是十九世纪德国浪漫主义文化中希腊研究的繁盛时刻。这个时期简直可以被称作是希腊之于德国想象力的僭主时期，从温克尔曼（Winckelmann）与黑格尔一直到马克思与弗洛伊德。在这段时期里，希腊古典文化是整个德国教育体系的重点科目，要理解当时的学者世界，就必须要了解希腊文学在其中的影响。我们很容易找到对埃斯库罗斯的崇拜者：例如施莱格尔（Schlegel）评价埃斯库罗斯，"他近乎于超人的伟大，这似乎是前无古人后无来者的"。而或许埃斯库罗斯最有影响力的联合读者是尼采与瓦格纳。对于瓦格纳而言，希腊戏剧是"可想象的最高的艺术形式"，他与尼采详细地讨论了这一观点；那时尼采正在写作《悲剧的诞生》(*The Birth of Tragedy from the Spirit of Music*)，在尼采这部作品中，埃斯库罗斯被认为是古代艺术因而也是所有艺术的巅峰（Silk and Stern）。在瓦格纳的自传中，他动情地回忆了他第一次"怀着真实的情感与理解"阅读埃斯库罗斯的情境："我能用我心灵之眼来观看《奥瑞斯提亚》，就好像它真就在上演一般，它对我造成的影响是难以形容的。没有什么能比得上《阿伽门农》所激发我的崇高情感；而直到《欧门尼德斯》的最后一个字，我都仍然置身于与如今相去甚远的氛围中，以至于我从不能真正与当今的现代文学和解。我对戏剧与剧场意义的全部观点无疑都由这些感觉塑造。"因此《尼伯龙根的指环》（以下简称"《指环》"）的最终形式是四部剧——三部悲剧和一部轻喜剧，尽管对于瓦格纳而言，这部轻喜剧是在悲剧之前的，但在古代雅典，萨提尔剧却在悲剧之后。《指环》由主题相连的系列神话故事构成；它围绕一个诅咒展开，这个诅咒连接了事件并产生了压抑而且记忆沉重的叙事；故事中充满了人、神、兽还有性别之间的冲突；它还在流传神话的改编中加入了政治主题。这些都是瓦格纳在《指环》中明显地从埃斯库罗斯与《奥瑞斯提亚》发展出来的显著因素。甚至瓦格纳作曲中著名的主题技巧（leitmotif technique），即重复音乐的主题句，也受埃斯库罗斯重复的意象系统的启发。

瓦格纳尤其希望复兴他所谓的 *Gesamtkunstwerk*，即"联合的""整全的"艺术作品，这是他在希腊悲剧中所见却在西方文化中丧失了的形式——这种艺术作品结合了音乐、戏剧、神话、思辨、政治与舞蹈。以此为精要，瓦格纳要求他的歌剧作为特殊节庆拜罗伊特节（Bayreuth）的一个组成部分上演；他希望在这个节日中艺术可以成为大众的艺术，而不仅仅是赞助人与企业家的艺术；他希望在这里希腊戏剧的社会与文人背景能够得到复兴——这是雅典人参与的美好场面，在这里"看到他们自身的影像，解读他们行动的谜团，将他们自己的存在与交流和神融汇在一起"。

瓦格纳对古希腊的呈现与复兴很大程度上归功于一种理想化情节，这在十九世纪的创作中十分常见。然而瓦格纳并没有照单全收的模仿：他与埃斯库罗斯结合，在希腊的模范下检视自己的思想，仍然将他自己的作品视为革命性的一笔（正如埃斯库罗斯重写了荷马）。最后总体艺术（*Götterdämmerung*）的图景以一种突出的戏剧性方式呈现了瓦格纳革命性的继承，因为它的确借鉴于《奥瑞斯提亚》。瓦格纳的作品以火炬结束，不过游行庆祝的是诸神之家的暴力毁灭——因为"诸神已不得不放弃他们直接的影响，面对人类意识的觉醒"。正是瓦格纳的"诸神的黄昏"这一后浪漫主义态度与希腊作品如此相异，它丝毫不亚于尼采的"上帝之死"宣告了现代的到来。

我选的第三个时刻则尤其与《奥瑞斯提亚》中的性别主题相关。在十九世纪三十年代，瑞士法学家巴霍芬（J. J. Bachofen）写了一本影响深远的著作叫作《母权论》（*Das Mutterrecht*）。在书中，他勾勒了社会从原始的母权秩序向现在的父权秩序发展的普遍模式。他的许多例证都是古代的——这在十九世纪的欧洲不可避免——而《奥瑞斯提亚》在三连剧中贬低女性并抬高男性，因而它成为女性原始权力遭到颠覆的关键例证。（我已提到过，现代人类学对"女权颠覆神话"的解读是如何不同于这一解读方式：现在公认的是，历史上没有女权真正存在过。）然而，他的观点对恩格斯关于家庭、私有财产与国家发展这一中心理论十分关键，而弗洛伊德也回应了他们，他认为《奥瑞斯提亚》是"对此革命的回应……它从母亲转向了父亲，这意味着精神战胜了感知——换言之，这是文明向前迈进的一步"。伴随着二十世纪兴起的女性运动，巴霍芬与他对《奥瑞斯提亚》的解读又回到了讨论的前沿。例如，凯特·米利特（Kate Millett）在《性别政治》（*Sexual Politics*）中因雅典娜支持男性而抨击了她："她前往变质的道路，毁坏了她的种族……这进一步的证据是致命的"；然后她批评《奥瑞斯提亚》最后场景，说这是"当地商贸团的几页纸的规矩"造就的"父权的胜利"。这是将《奥瑞斯提亚》仅仅作为记录或是回应历史上的女权颠覆的历史文献来使用；尽管这种解读在当时并未被多数学者所采纳，但这样的讨论也仍然使《奥瑞斯提亚》存留在女性运动的议题中。最有影响力的现代女性主义的著作之一是埃伦娜·西苏（Hélène Cixous）精彩的《突围》（*Sorties*）。这篇长文将对古典与现代文本的解读与西苏的传记片段编织起来，探索了西方文化中女性特质的代表。这篇文章显示了埃斯库罗斯繁复的合唱歌体与辩论主义，因为它用这样的语言来打破它所呈现的父权的秩序与控制。正是在此之中，也正是在这样的解读中，西苏的文章成为一系列女性主义作家的标志。在"男性中心主义的黎明"（The Dawn of Phallocentrism）的标题下，弗洛伊德、乔伊斯与卡夫卡开始反思埃勒克特拉剧目的语言——这通常合并了埃斯库罗斯、欧里庇得斯和索福克勒斯三者的描述。他们反思剧目是如何将剧中对"语言-使用"的讨论与语言的表现——尖叫、沉默、隐射——结合在一起，从而在弑母与埃勒克特拉痛苦的难以抑制的持续呻吟中造就了"血腥的男性中心主义的黎明"的："谁留下来了？在最后，只有奥瑞斯特斯的姐姐埃勒克特拉……痛哭的涌流不会枯竭，备受折磨的泉水不会干涸：她需要号叫，呕出——奔流不息的——洪水，父亲一系的折磨使得这洪流无穷无尽，所有洒出的鲜血，所有遗失的精液流淌着，不知疲倦，经由这陌生的峡谷，经由最遥远的葬礼，父亲回来了。这个父亲，无比强大，夺得了召唤预言他归来的舌头。'毒蛇的舌头啊！'克吕泰墨涅斯特拉说。"

所有这一切简要的讨论在某些方面表明，将埃斯库罗斯融入后代作品是尤其有效又尤为迷人的。我希望本书能使其他新的读者开启他们与埃斯库罗斯也许漫长但却馥郁的邂逅。

进一步阅读指南

本指南按章节列出了本书中提及的著作,它们以字母为序排列。带星号的著作需要希腊语知识。前半部分包含了常规的版本与翻译,以及一些关于埃斯库罗斯与希腊悲剧的带有注释的一般性读物。

版本

《阿伽门农》:*E. Fraenkel (Oxford, 1950),*J. D. Denniston and D. L. Page (Oxford, 1957);这两本在语言上都十分学术,不过在文学或戏剧解释上稍弱。《奠酒人》:*A. Garvie (Oxford, 1986);对学者十分有用,并且包含有益的进一步阅读的建议。《欧门尼德斯》:*A. Sommerstein (Cambridge, 1991),一个很好的版本;A. Podlecki (Warminster, 1987);十分沉闷,但适合不通希腊语的读者。

翻译

基本可用的翻译有:C. Collard, *Aeschylus Oresteia* (Oxford, 2002); R. Fagles, *Aeschylus: the Oresteia* (New York, 1996); D. Grene and R. Lattimore, *Complete Greek Tragedies*, vol. 1 (Chicago,

1959); H. Lloyd-Jones, *Aeschylus: Oresteia* (London, 1982); P. Vellacott, *The Oresteia* (Harmondsworth, 1974)。诗体版本，而非简单翻译的有：Tony Harrison, *The Oresteia* (London, 1981); Ted Hughes, *The Oresteia by Aeschylus* (New York, 1998)。

对于不通希腊语的读者，没有关于《奥瑞斯提亚》的普及性书籍可以推荐。我的《阅读希腊悲剧》(*Reading Greek Tragedy*, Cambridge, 1986；三联待出)中有两章关于《奥瑞斯提亚》，它是对希腊悲剧进阶性的批评介绍。D. Conacher 的 *Aeschylus' Oresteia: a Literary Commentary* (Toronto, 1987) 是非常传统的一幕一幕解读的著作，此书错过了三连剧中诸多复杂性。J. Herington 的 *Aeschylus* (Yale, 1986) 有一个对残篇有用的引言，不过十分空洞。关于埃斯库罗斯的戏剧政治，参见以下三者的热烈争论：M. Griffith, "Brilliant Dynasts: Power and Politics in the *Oresteia*", *Classical Antiquity*, vol. 15, 1995; J. Griffin, "The Social Function of Greek Tragedy"; S. Goldhill, "Civic Ideology and the Problem of Difference: the Politics of Aeschylean Tragedy, once again", *Journal of Hellenic Studies*, vol. 120, 2000。关于性别与权力的问题，参见 H. Foley, *Female Acts in Greek Tragedy* (Princeton, 2001); V. Wohl, *Intimate Commerce: Exchange, Gender and Subjectivity in Greek Tragedy* (Austin, TX, 1998)。关于音乐与诗，参见 W. Scott, *Musical Design in Aeschylean Theater* (Hanover, NH,

1982）。关于悲剧的一般性讨论，参见 M. Silk，ed.，*Tragedy and the Tragic: Greek Theatre and Beyond*（Oxford，1996），以及尤其是 P. Easterling，ed.，*The Cambridge Companion to Greek Tragedy*（Cambridge，1997）。关于戏剧的材料与社会状况，参见 E. Csapo and W. Slater，*The Context of Ancient Drama*（Ann Arbor，1995）；D. Wiles，*Tragedy in Athens: Performance Space and Theatrical Meaning*（Cambridge，1997），以及 P. Wilson，*The Athenian Institution of the Khoregia: the Chorus, the City and the Stage*（Cambridge，2000）。关于其他著作，请见下列各章节中的书目。

第一章　戏剧与雅典城邦

J. Davies，*Democracy and Classical Greece*（Hassocks，1978）；

P. Easterling and J. Muir，edd.，*Greek Religion and Society*（Cambridge，1985）；

M. Finley，*Politics in the Ancient World*（Cambridge，1983）；

W. G. Forrest，*The Emergence of Greek Democracy*（London，1966）；

S. Goldhill，*Reading Greek Tragedy*（Cambridge，1986）；

S. Goldhill，"The Great Dionysia and Civic Ideology"，in J. Winkler and F. Zeitlin，edd.，*Nothing to do with Dionysus？*（Princeton，1990）；

R. Gordon，ed.，*Myth，Religion and Society*（Cambridge，

1981);

M. Hansen, *The Athenian Democracy in the Age of Demosthenes* (Oxford, 1991);

J. Henderson, "Women and the Athenian Dramatic Festivals", in *Transactions and Proceedings of the American Philological Association*, vol. 121, 1991;

G. E. R. Lloyd, *The Revolutions of Wisdom* (Berkeley, 1987);

N. Loraux, *The Invention of Athens* (Cambridge, Mass., 1986);

P. B. Manville, *The Origins of Citizenship in Ancient Athens* (Princeton, 1990);

J. Ober, *Mass and Elite in Democratic Athens* (Princeton, 1989);

R. Osborne, *Classical Landscape with Figures* (London, 1987);

R. Sinclair, *Democracy and Participation in Athens* (Cambridge, 1988);

O. Taplin, *The Stagecraft of Aeschylus* (Oxford, 1977);

W. Tyrrell, *Amazons: a Study in Athenian Mythmaking* (Baltimore, 1984);

J. -P. Vernant, *Myth and Society in Ancient Greece* (London, 1980); *Myth and Thought among the Greeks* (London, 1983);

J. -P. Vernant and P. Vidal-Naquet, *Myth and Tragedy*

in Ancient Greece (Cambridge, Mass., 1990), 2vols. in one paperback;

P. Vidal-Naquet, *The Black Hunter* (Baltimore, 1986).

第二章 《奥瑞斯提亚》

M. Arthur, "Early Greece: the Origins of Western Attitudes towards Women", *Arethusa*, vol. 6, 1973 [再版于 *Women in the Ancient World*, edd., J. Peradotto and J. P. Sullivan (Albany, 1984)];

J. Bamberger, "The Myth of Matriarchy", in M. Rosaldo and L. Lamphere, edd., *Women, Culture and Society* (Stanford, 1975);

A. Brown, "The Erinyes in the *Oresteia*, Real Life, the Supernatural and the Stage", *Journal of Hellenic Studies*, vol. 103, 1983;

W. Burkert, *Homo Neceans* (Berkeley, 1983);

D. Clay, "Aeschylus' Trigeron Mythos", *Hermes*, vol. 97, 1969;

M. Detienne and J. -P. Vernant, *The Cuisine of Sacrifice* (Chicago, 1988);

E. Dodds, "Morals and Politics in the *Oresteia*", *Proceedings of the Cambridge Philological Society*, vol. 6, 1960;

K. Dover, "The Political Aspect of Aeschylus'*Eumenides*", *Journal of Hellenic Studies*, vol. 77, 1957;

H. Foley, "The 'Female Intruder' Reconsidered", *Classical Philology*, vol. 77, 1982;

R. Girard, *Violence and the Sacred* (Baltimore, 1977);

*S. Goldhill, *Language, Sexuality, Narrative: the Oresteia* (Cambridge, 1984);

S. Goldhill, *Reading Greek Tragedy* (Cambridge, 1986);

J. Gould, "Law, Custom, Myth: Aspects of the Social Position of Women in Classical Athens", *Journal of Hellenic Studies*, vol. 100, 1980;

J. Gould, "Homeric Epic and the Tragic Moment", in *Aspects of the Epic*, edd., T. Winnifrith, P. Murray and K. Gransden (London, 1983);

J. Jones, *On Aristotle and Greek Tragedy* (London, 1962);

H. Kitto, *Greek Tragedy* (London, 1961);

B. Knox, "The Lion in the House", *Classical Philology*, vol. 47, 1952 [再版于 B. Knox, *Word and Action* (Baltimore, 1979)];

*A. Lebeck, *The Oresteia* (Washington, 1971);

C. Macleod, "Politics and the *Oresteia*", *Journal of Hellenic Studies*, vol. 102, 1982;

C. Meier, *The Greek Discovery of Politics* (Cambridge, Mass., 1990);

G. Nagy, *Pindar's Homer* (Baltimore, 1990);

M. Nussbaum, *The Fragility of Goodness* (Cambridge, 1986);

T. Tanner, *Adultery and the Novel* (Baltimore, 1980);

J.-P. Vernant and P. Vidal-Naquet, *Myth and Tragedy in Ancient Greece* (Cambridge, Mass., 1990), 2 vols. in one paperback;

P. Vidal-Naquet, *The Black Hunter* (Baltimore, 1986);

R. Winnington-Ingram, *Studies in Aeschylus* (Cambridge, 1983);

*F. Zeitlin, "The Motif of the Corrupted Sacrifice in Aeschylus' *Oresteia*", *Transactions and Proceedings of the American Philological Association*, vol. 96, 1965;

F. Zeitlin, "Dynamics of Misogyny in the *Oresteia*", *Arethusa* 11, 1978 [再版于其文集 *Playing the Other* (Chicago, 1996)].

第三章 《奥瑞斯提亚》的影响

J. Bachofen, *Myth, Religion and Mother Right: Selected Writings* (London, 1967);

H. Cixous, "Sorties", in H. Cixous and C. Clement, *The Newly Born Woman* (Minneapolis, 1986);

B. Knox, *The Heroic Temper* (Berkeley, 1964);

K. Millet, *Sexual Politics* (New York, 1971);

C. Segal, *Tragedy and Civilization* (Cambridge, Mass.,

1981);

M. S. Silk and J. P. Stern, *Nietzsche on Tragedy* (Cambridge, 1981);

R. Winnington-Ingram, *Sophocles: an Interpretation* (Cambridge, 1980).

附 录

索福克勒斯戏剧中的解脱：
Lusis 与对反讽的分析[①]

西蒙·戈德希尔

提要：本文考察索福克勒斯的反讽艺术。我首先探究了索福克勒斯现存悲剧中的一系列语词，即 *lusis*，"释放、解脱"（release），"废除"（undoing）；[②] 它尚未被批评家们充分地讨论过。这组词语（*lusis*, *luein*, *lutêrion*, *ekluein* 等等）构成了一个系统的观念：人们希望支配言辞，却总会失败。这种失败成为索福克勒斯对人类行动的核心观点。在索福克勒斯的剧中，人们希望或宣称解决了问题，但此般希望与宣告往往到头来暗藏着反讽。本文第二部分考察了戏剧反讽的标准模式，对 *lusis* 的分析就潜藏着这一模式。在戏剧反讽的标准模式中，观众认识到舞台上的角色不能觉察的东西：观众知道并且看到在演员那里隐含的意义。而在此，我研究了四个有限的例子，在这些例子中，观众不能肯定悲剧语言究竟有多么的反讽：对反讽的觉察变得不稳定（随之而

[①] 本文译自 S. Goldhill, "Undoing in Sophoclean Drama: lusis and the Analysis of Irony." *Transactions of the American Philological Association*, vol.139, no.1, 2009, pp.21-52。

[②] 作者所用"release"一词含有解放、释放、摆脱、解决、废除等多种相近的含义，本文翻译应不同上下文选取了不同词汇翻译本词。——译注

来的是观众观察位置的不稳定）。我的分析集中于明显功能化的日常语言，这些语言中一闪而过的东西——无论是人还是词——从偶然性转换到了深富寓意的场域。lusis 的反讽以及对反讽本身的分析，这两个部分一同在最后提出了关于悲剧矛盾性的问题——这个问题在当代悲剧批评中有着激烈的争论——以及悲剧矛盾性与悲剧政治性两者关系的问题。①

一、索福克勒斯戏剧中的解脱

在《僭主俄狄浦斯》第三场中，伊奥卡斯特（Jocasta）离开在宫殿内深受困扰的俄狄浦斯，走出来向阿波罗祷告，这位神总是隐匿在本剧的各处。她特地要求阿波罗神为她提供一个 λύσιν εὐαγῆ，"神圣的解脱"，"一个未玷污的结果"［杰布（Jebb）的翻译"驱除不洁"，尽管捕捉到了这个形容词潜在的力量，但还是过于死板②］。伊奥卡斯特的祈祷看起来迅速得到了回应，信使即刻就来了。信使的消息似乎恰恰给了伊奥卡斯特所希望的东西：波吕波斯（Polybus）的死意味着俄狄浦斯不可能杀死他父亲，这正是俄狄浦斯目前所害怕的。当然，信使将会带来进一步的信

---

① 我与帕特·依斯特林（Pat Easterling）以及费利克斯·布德尔曼（Felix Budelmann）的讨论使我受益颇丰，美国古典学会（TAPA）匿名读者们的评论也使我受益良多。

② 后文对杰布的引用如无特殊注明，均出自其七卷的评注本以及他对这些待讨论的诗句的评议。博拉克（Bollack 1991：602-3）详细讨论了 εὐαγῆ 的意义及其潜在的语词力量。

息，这些信息则会使情节完全变得明朗。[1] 对祷告者的回应以伊奥卡斯特始料不及的方式反讽性地实现了。亚里士多德用 lusis 这个术语来表示一个情节的结束（结束意味着"解决"——lusis），而正是信使的消息导向了悲剧的暴力结局。

我们已经在通往反讽的路途中了。当信使进入宫殿，他正常地询问他在哪里以及他要传信的人在哪里，而结果却是他的询问在最特别的诗行里影射了俄狄浦斯的名字，并在国王的名字与"知道在哪"这句话之间制造了"强烈的双关语"[2]（924-26）：

ἆρ' ἂν παρ' ὑμῶν, ὦ ξένοι, μάθοιμ' ὅπου
τὰ τοῦ τυράννου δώματ' ἐστὶν Οἰδίπου;
μάλιστα δ' αὐτὸν εἴπατ', εἰ κάτισθ' ὅπου.

陌生人，我能从你这里知道，哪里
是国王的宫殿吗？就是国王俄狄浦斯。
尤其你能告诉我他在哪里吗？[3]

---

[1] 正如 Knox 1957: 172-84；Kitto 1961: 132-44；Winnington-Ingram1980: 180ff 所讨论的，"本剧中每一次祷告都是反讽"，Bushnell 1988 有更为全面的讨论。

[2] 这个短语来自 Knox 1957: 184。他注意到评论家们拒绝认为索福克勒斯的双关语是有意为之并深富意涵的。这一倾向在过去三十年间，至少在批评者中有了明显的变化。

[3] 除特殊注明，所有翻译均为我本人的翻译。

每一行末尾铿锵的韵脚——*mathoim' hopou*, *Oidipou*, *katisth' hopou*——听起来就像是俄狄浦斯的词源学研究——"知道在哪"——整部剧的故事即是国王痛苦地认识到他的无知,而接下来的场景则成为一个揭露真相的转折点。歌队的回答表明伊奥卡斯特是"他的妻子和他孩子的母亲"(γυνὴ δὲ μήτηρ ἥδε τῶν κείνου τέκνων)(928)。*hêde* 与 *tôn* 之间几乎没有间隔,我们听来这就暗示了"这是他的妻子与母亲"。① 当信使宣称他的消息可能既令人欢乐又悲伤时,伊奥卡斯特问:"是什么消息?它拥有怎样的双重力量?"(939)正是信使的双重力量将要揭露她既是妻子又是母亲的身份,而俄狄浦斯不知道他以为他知道的,即最终的问题,他在哪里。②

因此,*lusis* 是一个标志性的术语,它是一种对解脱的允诺,但这一允诺最终是反讽性的、悲剧性的。然而这个术语在本场中继续上演。当俄狄浦斯告诉信使他害怕他会杀了他的父亲时,信使高兴地问道:"那么既然我就是为此目的而来的,为何我还不能让你从这恐惧中解脱?"(1002–3)这里的动词是ἐξελυσάμην(解脱),因而其反讽意味昭然若揭。这不是一个有用的解脱,不过它的确释放出了一个将导致俄狄浦斯身世泄露的消息。而且,信使表示他从前"解放"(release)过他一次:"在你双脚被绑在一起时,我解放了

---

① 注释者已经指出了这一点,他称其为"给予观众愉悦的含混性",τὸ ἀμφίβολον δ τέρπειτὸν ἀκροατήν。
② 关于《僭主俄狄浦斯》中语言与名字的作用,参见 Segal 1981: 207–48; Goldhill 1984b;以及更为细致的分析,见 Goldhill 1986: 199–221。

你"（1034），λύω σ'（解放你）。俄狄浦斯指责特瑞西阿斯（Teiresias）在斯芬克斯（Sphinx）危机（392）时没能对公民们说出任何ἐκλυτήριον，"解脱的方法""解决的方法"，之后歌队劝告这位国王与特瑞西阿斯争论最好的办法就是找出如何最好"解决"——λύειν——神谕（440）。俄狄浦斯本人也曾预言过，唯独找到杀死拉伊奥斯的凶手，才能使他们从这场瘟疫中"解脱"（ἔκλυσιν）出来（306-7）——正如祭司回忆的，俄狄浦斯就是自己将忒拜"解放"（ἔκλυσας）出斯芬克斯的魔爪的（解放的过程导致了俄狄浦斯对他当前灾难境况的无知）。在《僭主俄狄浦斯》中，"解脱"时常被反复用于情节的关键连接处，而在每次似乎要解决问题时，正面的解救都会将悲剧人物卷入越来越深的悲剧情节的围网中。

  lusis 的这一用法触及了索福克勒斯的悲剧观的核心，他认为人类在追求知识、尝试改变事物以及希望从深陷的言辞中逃脱时，都总会在每个转折点被拖回到灾难之中，无情而又充满了令人不快的反讽。lusis 及其同源词成为索福克勒斯剧作的一个标志，其中人类的掌控总是失败，而最终唯一一种解脱是不可避免而确定的，那就是死亡。

  《特拉基斯少女》（Trachiniae）中的赫拉克勒斯，有着希腊文学中将死英雄的明显特征，他说出了根植于 lusis 观念中的阴暗面。当旧的神谕与新的预言同时发生，他说（1169-72）：

ἥ μοι χρόνῳ τῷ ζῶντι καὶ παρόντι νῦν

> ἔφασκε μόχθων τῶν ἐφεστώτων ἐμοὶ
> λύσιν τελεῖσθαι: κἀδόκουν πράξειν καλῶς.
> τὸ δ' ἦν ἄρ' οὐδὲν ἄλλο πλὴν θανεῖν ἐμέ.

> 那预言说，现在与我正活着的时刻，
> 我将实现摆脱加在我身上的所有重负。
> 我以为这意味着幸福的未来。
> 我现在却意识到这不过意味着我要死了。

赫拉克勒斯以为 *lusis* 必然意味着美好的未来；他现在知道这个词意味着死亡。不过索福克勒斯同样为如此阴沉的认识，即认识到希望的破灭，赋予了一个更为含混的未来前景。*teleisthai* 一词，"将要实现""发生"，反复地与本剧中预言的实现相联系（对比 79、167、170、174、824-5），然而它同样暗示着"完满""死亡"以及仪式进入新的阶段。例如，这个词被用于进入秘仪的初始阶段。"摆脱重负" ἀπαλλαγὴ πόνων 是用于转入秘仪的状态，它与这里的 μόχθων...λύσιν（摆脱……重负）可以对应起来。① 赫拉克勒斯正要求他儿子把他放在火堆上。尽管索福克勒斯的戏剧没有演出下面这个场景，但在一个主流的传统故事中，赫拉克勒斯是从火堆上升的天，在天上他与赫伯（Hebe）

---

① 正如在埃斯库罗斯的《阿伽门农》第一行，Thomson 1935 与 Tierney 1937 对其有讨论（不过 Fraenkel 1950 没有讨论这一点）。

结了婚，然后与神一同住在奥林匹斯山上，他是唯一一位因为其英雄事迹被敬为神的凡人（Easterling 1982: 17-19）。"正活着的时刻"这个奇怪的表达，还有我翻译为"幸福的未来"的短语 πράξειν καλῶς（字面意思是：我认为事情对我朝好的方向发展），以及认识到 [ara（现在）以及缺陷] lusis 意味着"不过是死亡"——这些都听上去与不朽的赫拉克勒斯的传统的未来相悖——它们可能都暗示了英雄的转化即将到来——另一种不同的 lusis。而当赫拉克勒斯讲出他先前对 lusis 理解的讽刺性的阴暗面时，他或许又错误地理解了他的言论是如何展开的（Heiden 1989: 144-48）。

正如在《僭主俄狄浦斯》中那样，本剧很早就为 lusis 高潮的到来做好了准备。信使在第一场中到来，然后骄傲地宣布（180-81）：

> δέσποινα Δηάνειρα, πρῶτος ἀγγέλων
> ὄκνου σε λύσω
>
> 王后得阿涅拉（Deianeira），我是第一个来报信的人
> 为了让你从恐惧中解脱

得阿涅拉的恐惧是本剧开场的主调（Heiden 1989: 22-30）。正如在《僭主俄狄浦斯》中一样，这个信使的出现是带来好消息的，他还希望他作为第一位报信者而得到

奖赏。lusis 的结果同样是荒诞地错了位，而且，就在第二位信使利卡斯（Lichas）到达时，恰恰是第一位信使加重了得阿涅拉的悲剧性恐惧（以及随之而来的恶劣结果），因为他揭露了利卡斯在说谎，而因此告诉王后伊奥勒（Iole）的到来意味着什么，因为与赫拉克勒斯的爱情她是得阿涅拉的情敌。这是另一个"解脱"并非"解脱"的例子。

得阿涅拉对此的回应是她希望通过人头马怪的药来赢回赫拉克勒斯对她的爱欲，而结果这药却是毒药，并非春药。她向歌队宣布了她的计划，说这是某种 λυτήριον，"带来解脱"，"得到结果"，"解放"（554）。[在本行中与 λυτήριον 相关的名词或许是 λύπημα，这是手稿中的词，斯汀顿（Stinton）以及近来的劳埃德-琼斯与威尔森（Wilson）支持这一说法；或者是 λώφημα，这是杰布的说法；又或是 νόημα，坎贝尔（Campbell）与依斯特林支持这种说法：无论是哪一种说法，他们都强调本行第一个词——她对 lusis 的渴望。[1]] pharmaka（毒药）既可作为药又是毒的含混性在悲剧中十分有名，在这里，它与对 lusis 希望错位的叙述纠缠在一起，其含混性变得更加强烈。因此，在回想得阿涅拉的希望以及看到赫拉克勒斯的绝望时，歌队以一种令人绝望的错位的激情来歌唱（653-54）：

---

[1] Lloyd-Jones and Wilson 1990: 162; Stinton 1976: 138; Easterling 1982: 142-42 *ad* 553-54; Campbell 1881.

> νῦν δ' Ἄρης οἰστρηθεὶς
> ἐξέλυσ' ἐ πίπονεν ἀμέραν.

> 现在阿瑞斯激起大怒，
> 解放了她悲苦的日子。

"阿瑞斯勃然大怒"是奥卡利亚（Oechalia）之劫的军事叙事的"诗化的浓缩表达"（lyrical condensation）。[①] 我们已经知道了这事（359-65），但是 *oistretheis* 暗示不仅"引起愤怒"（杰布），而且是"被性欲激起疯狂"，这个主要动机不仅推动着赫拉克勒斯，而且也危险地驱使着得阿涅拉。因此，正如依斯特林认为的，动词"解放""解脱"的宾语可以是赫拉克勒斯，即他的劳作（*ponoi*）到了尽头，但同时也暗示着得阿涅拉与歌队从她们对赫拉克勒斯的不安中解脱出来（Easterling: 1982:154 *ad* 164）。无须强调，她们在此因解脱带来的愉悦最终会被证明仅仅是暂时而令人绝望的错位。

在这样的语言下，得阿涅拉起先对她与赫拉克勒斯如何结婚的描述或许最终会听起来含有比她能意识到的多得多的意涵。在她的开场白中，她描述了赫拉克勒斯如何打败可怕的求婚者阿刻罗俄斯河神而赢得了她。ἐκλύεταί με，她说，

[①] Campbell 1891，Easterling1982: 154 *ad* 653 引用。

"他解放了我"（21）。她本人却立即又强调了这个救赎言辞的不确定性（26-27）：τέλος δ' ἔθηκε Ζεὺς ἀγώνιος καλῶς''εἰ δὴ καλῶς，"然而评判对错的宙斯以好的方式结束了纷争，如果这确真是好的"。她解释道，赫拉克勒斯对婚姻带来的解脱同样是不断的担惊受怕。然而即便她已然如此怀疑，也是不够的。telos 一词往往标志着进一步的反讽。① 我们正越来越接近她杀死赫拉克勒斯以及她悲剧性的自杀——这是一个她在此不能预料到的 telos。[telos 与 kalôs 一同预示了赫拉克勒斯对他命运转变的认识（1169-72），我便是从这里开始讨论的。] 再一次，在 ekluetai（解放）（21）中的救赎语言事实上发出了一个信号，即向更复杂、更毁灭性的言辞迈进一步。

在《埃勒克特拉》中我们看到类似模式的 lusis 的语言将整部剧带向了不可思议的高潮。戏剧一开始是歌队试图劝阻埃勒克特拉疯狂的、长时间的恸哭，她们指出，她的悲恸不能带来任何 ἀνάλυσίς κακῶν，"对坏事的消解"（142）。lusis 这个词直接与完满、困境的结束相连。埃勒克特拉本人使用这个词首先是在她妹妹克律索特弥斯（Chryosthemis）准备接受克吕泰墨涅斯特拉给阿伽门农坟墓的祭品时（446-48）："你认为这些祭品能给她带来解脱（λυτήρια）吗？不可能！" luterion，"带来解

---

① 参见 Zeitlin 1965; Lebeck 1971: 68-73; Goldhill: 1984——对《奥瑞斯提亚》中 telos 的解释，这个词似乎潜藏在索福克勒斯的悲剧性希腊语中。

脱","(从负罪中)解放",在此反讽地指明克吕泰墨涅斯特拉想将自己从她自作孽的境况中解脱出来的企图必然会失败。埃勒克特拉认识到她母亲不可能得到 lusis。在克吕泰墨涅斯特拉用令人不快的密语祈祷她孩子的死亡时（634-59）我们回想起了这一点。她祈祷 λυτηρίους，"带来解脱""解放"（635）。正如在《僭主俄狄浦斯》中伊奥卡斯特祈祷 lusis，克吕泰墨涅斯特拉所祈祷的 luteious euchas（为解脱所做的祈祷）在此立即得到了阿波罗讽刺的回应：信使来了，他的消息将会击倒这位祈祷者，尽管这消息一开始显得是对祈祷的完美回应。在这里，保傅（Paidagogus）关于奥瑞斯特斯死亡的虚假故事同样包含了"解开"的故事，驭马者从马车的缰绳中"解开了"（ἔλυσαν）（755）奥瑞斯特斯血肉模糊的身体。正如埃勒克特拉要求的，克吕泰墨涅斯特拉对 lusis 的希望将同样是虚幻的。

在与克吕泰墨涅斯特拉的对抗中，埃勒克特拉为父亲献祭伊菲革涅亚辩白（574-75）：οὐ γὰρ ἦν λύσις/ ἄλλη στρατῷ πρὸς οἶκον οὐδ᾽ εἰς Ἴλιον，"因为军队要么回家要么去特洛亚，没有其他的解决办法了"。埃勒克特拉在这一场中的修辞非常激进有力，而即便支持她的歌队也评论说她们不确定她这样是否是正义的（610-11）。[甚至杰布认为在埃斯库罗斯的《阿伽门农》中，阿伽门农曾说，回家是可能的，不过是可耻的。而埃勒克特拉并没有这样的考虑（1984 ad 573）。] 这里或许阿伽门农的确

不能得到 *lusis*——他是悲剧双重束缚的经典例证（*locus classicus*）——他仅仅是被免除了罪行。埃勒克特拉在她姐姐被献祭时并没有显得多么悲伤。克律索特弥斯这边却向埃勒克特拉指出，可怕地死去是毫无意义可言的，即便死后能得到好名声（1005–6）：λύει γὰρ ἡμᾶς οὐδὲν οὐδ' ἐπωφελεῖ/ βάξιν καλὴν λαβόντε δυσκλεῶς θανεῖν，"因为赢得一个高贵的名声但受辱而死，这并不带给我们解脱或益处"。① 这两段话都集中在 *lusis* 这个术语上：什么能够带来"解脱"？什么才是"解脱"的正确方式？埃勒克特拉向相认的奥瑞斯特斯哭道（奥瑞斯特斯却希望她能够忍住）："哎哎，你唤起了我恶的本质，这恶不能被掩饰，不能被解脱（καταλύσιμον），不能被忘却。"（1246）问题在不断深入：解脱对于埃勒克特拉而言意味着什么？

这些都在为本剧最后令人震惊地使用这一词汇做准备。这两个孩子已经让埃奎斯托斯揭开了盖在他们母亲、他的情人尸体上的布，奥瑞斯特斯开始嘲笑他。埃奎斯托斯问他们

---

① Finglass 2007 在此处与 Jebb 不同，他认为这里的两个动词是并列的（"不能带来优势也不能带来益处"），他是将 λύει 认作 λυσιστελει。将两个动词 λύει 与 επωφελει 看作语义的流动则更好。因为 λυσιστελει 是与格，而词组 λύει ἡμᾶς 很难被当作 λυσιστελει。因此 Elmsley 将 ἡμιν 修订为 ἡμᾶς。这样的修订是不必要的。这句话首先指的是"解脱"，但 ἐπωφελει 的回顾使得"益处"的意思得以显现：全部问题都在于是否解脱真的是一个益处。《僭主俄狄浦斯》的 316–17 行，为 λυσιτελη 用的是 τέλη λυη——根据 Jebb 的说法，这是十分独特的——关于这一含混用法的更多解读，参见 Guay 1995，尤其是 40–47 页。

是否允许他再最后说上几句话,而埃勒克特拉这个在剧中被所有角色要求闭嘴的人,现在要求她的敌人闭嘴:"不要让他再说了!"她怒吼道(1483–84)。他必须立马被杀死,然后为他举行一个羞辱的葬礼。她说,这是她唯一的解脱(1489–90):

ὡς ἐμοὶ τόδ' ἂν κακῶν
μόνον γένοιτο τῶν πάλαι λυτήριον.

我知道这是唯独可以为我
过去的不幸带来解脱的事。

这是埃勒克特拉的最后一席话。她的最后一个词便是预言"解脱"。我们已经在索福克勒斯诸剧以及本剧中读到足够多关于这个词的冷峻反讽了。①

《埃勒克特拉》的结尾是一个很著名的问题。② 复仇女神的缺席,任何道德审判甚至对弑母讨论的缺席,以及对奥瑞斯特斯将埃奎斯托斯领进黑屋之后发生了什么全然

---

① March 2001 关于这一行写道:"这里她的话语中没有看到任何不确定。"她的解读将埃勒克特拉的语言(无论它被作何理解)与观众对她语言的理解混为一谈了。Finglass 2007 竟然对本剧中 lusis 的任何一例反讽都没有做出评述。

② 参见以下讨论,每一讨论都有更丰富的书目:Winnington-Ingram 1980: 217–47; Segal 1981: 249–91; Batchelder 1995:111–140; Ringer 1998; March 2001——她支持全无问题地接受弑母事件,这与现代的主流看法相悖。

不提,这些都在十九世纪以来激起了广泛讨论,令人惊讶的是,这一讨论如今没有丝毫减弱的迹象。今天很少有人再同意杰布与十九世纪的德国学者,认为索福克勒斯仅仅是在回首荷马时代而赞扬奥瑞斯特斯这个遵从神的要求便毫不怀疑地"快乐地杀死母亲"的人[当施(莱)格尔(Schlegel)不快地描述奥瑞斯特斯时,他就像是雷哈尔(Lehar)的歌剧中"风流寡妇"一样的角色]。我们很难抑制住对《奥瑞斯提亚》的疑虑,尤其当索福克勒斯的戏剧对埃斯库罗斯的三联剧如此频繁与明确地进行回应时。① 我们同样很难想象一个没有问题的弑母如何可能在任何道德体系中被构想出来:值得注意的是,在《奥德赛》中作为特勒马库斯(Telemachus)榜样的奥瑞斯特斯在荷马史诗中从来没有被提到他杀死了母亲。在《奥瑞斯提亚》之后,再也没有任何奥瑞斯特斯的例子是完全正面的。对于温宁顿 – 英格拉姆(Winnington-Ingram)[之后还有创建了德国谱系学的罗德(Rohde)],复仇女神可以被看作是内在于奥瑞斯特斯与埃勒克特拉人性中的力量,她们允许、鼓励、推动了两个孩子的杀戮意图。这部剧在这里显示了暴力复仇这一激情任务的危险结果:复仇女神就内在于人性。即便有人不接受温宁顿 – 英格拉姆对复仇女神的心理学倾向的解读,戏剧的结尾也必然会引发观众如何评

---

① 关于《埃勒克特拉》与《奥瑞斯提亚》最后场景的互动,参见 Goldhill 2003: 172–76。

判的问题，会引发对接下来情节发展的担忧，以及对如何看待弑母以及凶手下场的担忧。索福克勒斯在本剧最后以巧妙的反身动词 τελεωθέν，"完成""完满""终结"，预示了他的这一关怀，这个词与本剧最后未完结的诸问题激起回响。

无疑，这部剧的中心角色是埃勒克特拉。它提出了解脱究竟意味着什么这一问题，它向我们展示了人类对解脱的错位的希望，以及寻找解脱的绝望。它还向我们展示了克吕泰墨涅斯特拉希望通过献祭以求得解脱，其结果却是自食其果。此剧也同时向我们展示了埃勒克特拉在最后是如何与她母亲同出一辙［她也意识到自己变成了那样（619ff）］。在最后一个场景中，我们看到她演绎的角色充满了谎言与伪装，这导致了一个男人的死亡——如同她母亲所作所为一样。那么，本剧如何为埃勒克特拉作结呢？这并不是要猜测在戏剧的最后时刻沉默的埃勒克特拉是何等感受：西格尔（Segal）就阴郁地想象了"她的精神与内在的孤立"；马赫（March）的解释则更加轻描淡写，认为她"充满生气地活着，并一直存在于舞台上"（Segal 1981:266-67; March 2001: 299）。问题在于对解脱的希望在本剧对 lusis 一次次的处理中变得富有反讽意味。那么什么样的解脱才是埃勒克特拉可以期望的？对我而言，索福克勒斯深刻并煽动的写作给我们留下这一问题并在最后的言辞中将这一问题激发出来是典型的。

《埃勒克特拉》这部剧无论在何时上演,埃勒克特拉的结局问题都总能找到实体的形式。这里至少有三种埃勒克特拉可能的结局。第一种结局是埃勒克特拉与奥瑞斯特斯一起离开舞台,然后进入房内与奥瑞斯特斯一起直接行凶［这是施特劳斯与冯·霍夫曼史塔（von Hofmannsthal）拒绝的,他们以最粗暴最烦扰的方式来处理埃勒克特拉,在屋内凶杀上演时,他们将埃勒克特拉留在舞台上跳舞直至死去[①]］。这一离场充分地将她与弑母的问题相连,即埃奎斯托斯死后,弑母事件会如何发展。第二种结局是埃勒克特拉可以与歌队一起离开舞台,回到女人应属的世界,女人所支撑的集体。这一离场则将会为她的未来带来不同的图景。当然,埃斯库罗斯在复仇之前就将她送回了房间,把她与奥瑞斯特斯隔离开来——让她在房内等待,没有行动,遵循着希腊关于好女孩应该如何表现的标准范式。欧里庇得斯采取了不同的路线,他将她嫁了出去——将埃勒克特拉与农民分开,并让她与皮拉德斯在一起。欧里庇得斯与埃斯库罗斯都直接叙述了埃勒克特拉的可以预期的未来（然而欧里庇得斯的结局或许让现代观众失望了）。还有第三种结局,即她可以留在舞台上。这是大多数现代版本都采取的路线。这样就将埃勒克特拉置于一个奇怪的空间,这是她贯穿全剧所占有的空间,在房间外,它是一个交汇的限定性场所,人们去宫殿或去阿伽门农的墓地都要

[①] 关于Strauss的《埃勒克特拉》的详尽讨论,参见Goldhill 2002: 108-77。

经过这里——在此,就希腊女性表现的模范而言,她不可避免地出格了。将埃勒克特拉留在舞台上最激烈地强调了反讽的不确定性,即她可以期望什么解脱以及她在哪里可以找到这一解脱都是不确定的。处理本剧中埃勒克特拉的最后时刻明确显示了一位导演究竟想要埃勒克特拉得到何种解脱。①

在这三部戏剧中,贯穿着一个十分醒目的模式,即对解脱的希望是错位的,而最终希望实现——得到解脱——则是讽刺性的;这一模式帮助我们充分理解 *lusis* 一词的其他两个例子。在《安提戈涅》中,克瑞昂最终被特瑞西阿斯(Teiresias)的预言、歌队谨慎的警告以及他本人对解救安提戈涅的不安所劝服。当他从舞台冲去洞穴时,他宣称(1112-14):

αὐτός τ' ἔδησα καὶ παρὼν ἐκλύσομαι.
δέδοικα γὰρ μὴ τοὺς καθεστῶτας νόμους
ἄριστον ᾖ σῴζοντα τὸν βίον τελεῖν.

---

① 我们只能猜测第一次表演或其他古典作品是怎样处理最后一场的:这里讨论的三种结局在古代戏剧中都是可能的。必须明确指出,Mantziou 1995: 194 认为埃勒克特拉是留在舞台上的;Finglass 2007 关于 1510 行(与 Calder 2005 相反)倾向于她与奥瑞斯特斯和皮拉德斯一起进入了宫殿。例如在《菲罗克忒忒斯》中角色们与歌队一同离场 [正如 Griffith 所猜测,可能在《安提戈涅》中克瑞昂(Creon)的 ἄγοιτ' "带我走"(1339),有可能是向歌队而不是向随从说的]。大多数古典戏剧都以有力的 *exeunt*(角色离场)结尾,但这并不意味着埃勒克特拉选择留在舞台上就是不可能的。

> 我本人捆绑的她,我本人将要去那解脱她。
> 我怀疑最好是终其一生
> 也要遵守业已建立的法律。

这是一个高潮时刻,不仅仅因为很少有索福克勒斯的英雄会改变决定,而是因为整个索福克勒斯戏剧中,他都知道得太晚,他希望改变已经做过的事却是徒劳的。安提戈涅在洞穴中被墙壁环住:捆缚与解放的语言因此延伸向更比喻性的意义。他希望"废除"(undo)他所做的一切——然而他对此却无能为力。的确,就"在那里"(παρὼν),他将被儿子海蒙刺死,海蒙后来又在已经死去的安提戈涅的身旁杀死了自己(1231ff)。在最后的诗句中他暗示他已经改变了想法,这些言辞暗示了即将到来的灾难。他怀疑或害怕(δέδοικα),最好终其一生也要遵守业已建立的法律:短语 τὸν βίον τελεῖν 可以被翻译为"到人生的最后一刻"。他希望废除他之前所做之事,但在他向外跑时所说的最后的话语却暗示了他无法阻止的死亡(Griffith, 1999:313 ad 1113-14)。

在《安提戈涅》中,对 lusis 语言的预测尽管不多但却都十分突出。歌队在一个严肃的预言合唱歌中(594-97)哀悼了拉布达科斯(Labdacid)一家漫长的历史以及他们长时间承受的诸神送来的痛苦。οὐδ' ἔχει λύσιν,他们清楚地得出结论,这家人"没有解脱"。伊斯墨涅(Ismene)就像《埃勒克特拉》中的克律索忒弥斯一样是一位幸存者,在戏剧一开始,她就以或许是从音乐中吸取的习语来表达了她的懦弱:"可怜的姐姐,我还能做什么来为你解开(λύουσ')或系紧(ἅπτουσα)?"(39-40)这个表达很常见,它将情境看作是可以被系紧或解开的琴弦或绳结(Griffith: 1999: 129-30 *ad* 39-40)。这是一种表达"我无论做什么"的方式,而这暗示了伊斯墨涅不愿意做出任何行动(这使得她存活了下来,不过也使得她没能对行动的发展做出任何影响)[①]。在离开的时候,克瑞昂又简单地提到 lusis 一词来哀悼其妻子欧律狄刻(Eurydice)的死亡。他两次(1268,1314)用到了ἀπολύεσθαι 来指代"死亡"("从生命中解除"):他不仅不能废除他所做之事,还采取了进一步"松绑"的行动,而这一行动又增添了他的痛苦。

"废除"(undoing)之前的错误是尼奥普托列墨斯(Neoptolemus)在《菲罗克忒忒斯》(*Philoctetes*)中的转折点希望做的事。尼奥普托列墨斯拿到了菲罗克忒忒斯的弓箭。奥德修斯来了,便将这个男孩带下舞台去往船上,抛下歌队与愤怒无助的菲罗克忒忒斯。然后,忽然间,尼奥普托列墨斯冲回舞台上,奥德修斯在后追赶。奥德修斯(以及观众)都迫切想知道他究竟想做什么。尼奥普托列墨斯宣称(1224):

λύσων ὅσ' ἐξήμαρτον ἐν τῷ πρὶν χρόνῳ.

[①] 伊斯墨涅的迟疑是微妙的,不过这与下面两件事并不矛盾:一件是在事情发生后她愿意为安提戈涅的行动负责,而安提戈涅拒绝了她;另一件是克瑞昂起先想要同时惩罚这两个女孩,但他之后很快否定了。

> 我想废除所有之前犯下的错误。

这是一个有意为之的大胆言论。当他声称他有新的话要讲时，菲罗克忒忒斯无动于衷：他先前已经听过这样的欺骗了（1268–70）。当尼奥普托列墨斯保证这次他讲的是真话时，菲罗克忒忒斯反驳说他之前看上去也很真诚（1271–72）。要将他之前的所作所为废除掉，这要比尼奥普托列墨斯想象的困难许多，一旦语词的欺骗导致信任全失，言辞要如何才能全部返回到从前？因此他归还了弓箭：一个行动，一个 *ergon*，而不仅仅是言辞。[①] 但是菲罗克忒忒斯立即想要用这弓箭杀死尼奥普托列墨斯的领导奥德修斯，这个男孩又需要遏制这场杀戮。不过即便现在菲罗克忒忒斯得到了信任的信号，他也没能从他的愤怒中转变回来，也没有改变回家的初衷。尼奥普托列墨斯不能废除他之前所有的错误，不能保持住情节的轨道。当尼奥普托列墨斯在面对菲罗克忒忒斯愤怒的拒绝后（1373），他被迫认识到 λέγεις μὲν εἰκότ', ἀλλ' ὅμως，"你言之有理，但是……"还是需要赫拉克勒斯来这里，重新将菲罗克忒忒斯引向特洛亚。这一行的第一个词 λύσων 在高潮的用法表现出了尼奥普托列墨斯希望"废除"他的错误，然而情节的发展又揭

---

① 关于本剧中言辞与行动的对比，参见 Segal 1981: 328–61, 以及其后的诸多评论；关于行动，参见 Taplin 1971，其后也有诸多评论。

示要达成这一目标是多么的困难。λύσων 不仅表示尼奥普托列墨斯对解脱的愿望,还指明他对他所深陷的道德困境根本无力决定、无力掌控。

在之前我讨论过,唯一不可避免的、确定的 *lusis* 是死亡的 *lusis*。我们已经不止一次遇见 *lusis* 一词与表示"完结""完满"和"死亡"的 *telos* 一词相联系的情况。在索福克勒斯的戏剧中,有惊人数量的表示解脱、解放的词被用于死亡的情境下:我们已经见到赫拉克勒斯的死是他的"解脱"(《特拉基斯少女》1171);奥瑞斯特斯的尸体被从马车上"解放"出来(《埃勒克特拉》755);欧律狄刻"解除"了生命(《安提戈涅》1268、1314)。这些解脱的背景或许是我们熟悉的荷马的表达 λύειν γούνατα 或 λύειν γυῖα,"膝盖放松"或"四肢放松",以表示被杀死(而不是欲望)的意象;但(在杰布看来)或许还可以提及莎士比亚戏剧中那位肝肠寸断的李尔王的简短言辞,他讲得极为悲怆:"来,在这里解放我吧。"因此在《特拉基斯少女》中得阿涅拉与她的婚床告别,τοσαῦτα φωνήσασα συντόνῳ χερὶ /λύει τὸν αὑτῆς πέπλον,"她这样说,然后自己解下裙子……"。解下裙子就在她刺死自己之前。类似,在《俄狄浦斯在克罗诺斯》(*Oedipus Coloneus*)中,当俄狄浦斯临近他至高的死亡时,坐下,εἶτ' ἔλυσε δυσπινεῖς στολάς,"然后,他解开了他的脏袍子"(1597)。在《安提戈涅》中,在欧律狄刻自杀之前,她同样坐下然后 λύε ικελαινὰ βλέφαρα,"将她的双眼释放入黑暗"(1320)——这是一个惊人的表达,它在这里与 λύει γούνατα 遥相呼应,预言了欧律狄刻的死亡。[在《僭主俄狄浦斯》中出现的是有细微差异的 λύειν，克瑞昂宣称，预言暗示的是他们要么必须驱逐杀死拉伊奥斯的凶手，要么"以凶杀再报复凶杀"，φόνῳ φόνον πάλιν λύοντας（100-1）：这里在 palin 之前加上"再次"以及 phonos 的重复使用显明了报复的意涵：不仅是"废除"之前的过错，而且要"补偿""报复"。]希腊语的 luein 以及英语的"解除"总是表示"解决""解放"或"败落"——或同时表示这三者。索福克勒斯的语言利用了这种可能的歧义来探索人类对他们言辞的掌控是多么脆弱。

在《俄狄浦斯在克罗诺斯》的结尾，我讨论的 lusis 与死亡的语词惊人地综合在一个完美的短语中。歌队鼓励孩子们停止对俄狄浦斯之死的哀悼，唱道（1720-21）：ὀλβίως γ' ἔλυσεν τὸ τέλος, ὦ φίλαι, βίου,"在真正的祝福中，朋友们啊，他终止（dissolved）了他最后的生命"。我的翻译力求将这里所有的意涵表达出来。luein 与 telos 一起或许会被认为表示"有所裨益"（正如在《僭主俄狄浦斯》316），但这里它们却似乎意味着"结束""终止"。在这个例子中，我们或许希望宾语是 βίον，正如欧里庇得斯在《伊菲戈涅亚在陶里斯》（Iphigenia in Tauris）692 行的 λῦσαι βίον。因此杰布的翻译是"他因此找到了被祝福的结局，朋友们"，这个翻译给出了一个简单的意思，但却使得 luein 不可能富有意义。另外，telos biou，是一个关于"死亡"的常见短语（telos 本身就可以表示"生命的尽头""死亡"）。这个奇怪的过重的短语似乎在暗示俄狄浦斯不仅仅死了，而且超越了他的限度——正是神推动的转变使他超越限度。当他成为英雄时，他超越了生和死：他"在祝福中终止了最后的生命"。歌队密集的语词把捉住了俄狄浦斯最后的死亡之谜。①

我最后一个索福克勒斯显著使用 *luein* 的例子同样来自《俄狄浦斯在克罗诺斯》，它出现在这部最困难的戏剧里最甜蜜最困难的表达中（参见 Wilson 1997:165; Markantonatos 2007:224–30）。信使向我们讲述了俄狄浦斯最后的时刻。在他谜一样的终结到来之前，俄狄浦斯向他的女儿安提戈涅与伊斯墨涅告别。他回忆了她们照顾他时所经历的苦难，并说道（1615–19）：

ἀλλ' ἓν γὰρ μόνον
τὰ πάντα λύει ταῦτ' ἔπος μοχθήματα.
τὸ γὰρ φιλεῖν οὐκ ἔστιν ἐξ ὅτου πλέον
ἢ τοῦδε τἀνδρὸς ἔσχεθ', οὗ τητώμεναι
τὸ λοιπὸν ἤδη τὸν βίον διάξετον.

然而唯一的一个字
解脱了所有的苦楚。
爱——你们不会从任何其他人那里

---

① 当然，这个神秘的感觉在整个信使的场景中就已被铺垫了，cf e.g.1585, 1601–5。关于俄狄浦斯的终结，参见 Easterling 2007。

> 比从我这里得到更多的爱，而你们现在
> 将没了我，就这样度过你们的余生。

俄狄浦斯认为女儿们所有的困苦都由这个神奇的词得到解脱，即 philein：他回首了他们共同的生活，又预料了即将到来的问题。十九世纪的基督教读者（以及他们的现代人文主义继承者们）倾向于把 philein 翻译为"爱"（我也这样翻译，尽管不情愿）。然而，这里的 philein 却不应被简单地化约为超验的现代西方神学观念。至少，philein 意味着家庭中以及更广泛的亲人与朋友间相互的义务与责任的纽带，而主要不是情感的纽带。但不应忘记的是在之前的场景中，俄狄浦斯反复重申了他对儿子波吕涅克斯（Polyneices）的诅咒，这个诅咒会使下一代的 philoi 之间结下杀戮之仇。伊斯墨涅"很不容易"地来了（328），她告诉了俄狄浦斯他的 philoi 的密谋——而在她被忒修斯（Theseus）拯救之前，她只得忍受它们。另外，对于像俄狄浦斯这样的乱伦家庭，赞扬"家庭纽带"的价值将总是频生歧义的。的确，除了俄狄浦斯，安提戈涅与伊斯墨涅的父亲兼兄弟，不会有人对她们更 philos 了。[①]《俄狄浦斯在克罗诺斯》是在索福克勒斯晚年被创作

---

① 注意伊斯墨涅的开场白（《俄狄浦斯在克罗诺斯》324–25）：ὦ δισσὰ πατρὸς καὶ κασιγνήτης ἐμοὶ ἥδιστα φωνήματα…"噢，最甜蜜的双重名字，父亲与兄弟姊妹……"dissa，"双重""有歧义的"，在 Jebb 的翻译中并没有表达出来（"父亲与姐姐，这两个对我而言最甜蜜的名字……"）。伊斯墨涅在她带来另一个家庭内部不和的消息时，提醒我们——显然这不合 Jebb 之意——这个家庭有着双重混淆的家谱。

的，紧随《安提戈涅》之后：安提戈涅的未来，τὸν λοιπὸν τοῦ βίου（余生），已经被写好，她的未来在索福克勒斯的戏剧中，至少有 *philein* 这一个词起着毁灭性的刺激作用。《俄狄浦斯在克罗诺斯》同样强调了其作为伟大悲剧性前身的力量，将安提戈涅对未来的想象与她自己无望的紧张感累加起来。当安提戈涅离去前往忒拜（1768–72），试图去阻止家庭内的杀戮时——忒修斯仁慈地把她送上了死路——这强调了即将发生灾难的感觉。这是一个十分感人的场景，女儿们与俄狄浦斯相拥痛哭以告别。但是难道我们不会再次在"解脱"的允诺中听到令人担忧的信号吗？

lusis 的语词及其同源词是索福克勒斯剧中不断重复的关切。在《僭主俄狄浦斯》《特拉基斯少女》以及《埃勒克特拉》中，存在着一个延伸的语义学网络，在此之中人们希望、被允诺继而寻求解脱，但最后发现解脱是不可能被找到的，它作为希望是错了位的，或被反讽性地、毁灭性地完成了。在《安提戈涅》与《菲罗克忒忒斯》中，这一术语显著的使用同样充满着对反转的、受到误导的期望的讽刺。解脱通过"释放"（undoing）这一语词与死亡相连。甚至在《俄狄浦斯在克罗诺斯》中，当俄狄浦斯的英雄结局至少对悲剧的叙事给出了一个有可能不太令人绝望的结果时，*lusis* 这一语词仍然在文本中编织着矛盾丛生的围网。在索福克勒斯的戏剧中，人类挣扎着逃脱自己所在的悲剧境况，挣扎着对自己的言辞做出掌控。索福克勒斯戏剧中 *lusis* 一词揭露了这种挣扎中的自我欺骗，以及企图为人类行为的 *aporia*

（困境）找到解决办法的不断失败。解脱的戏剧。

二、对索福克勒斯反讽性的分析

在索福克勒斯的戏剧评论中，没有什么论题比戏剧的反讽性更令人熟悉了。评论这一基本比喻所必要的因素是关于较高知识（superior knowledge）的修辞——演出。我们——在剧场中的观众或类似之人，评论家——眼看着这个我们本知道就是杀死拉伊奥斯的凶手的人试图去寻找那个凶手；我们看着这个我们本知道娶了母亲的人逐渐发现他那令人痛苦的身份秘密。观众被置于一个比舞台上的角色更优越的位置，然后通过他们自己的知识对舞台上的行动做出反应：反讽性使观众将其作为认知的主体（le sujet qui sait）。[①] 因此，在此范式下，为读者勾勒出反讽的评论者（向舞台上的角色、向之前不知晓反讽的读者，甚至向自己可能都没有在文本中意识到这反讽意味的作者）揭露了未知的讽刺意图。我对索福克勒斯 *lusis* 的讨论正是采用此策略。通过关键的 *analusis*（释放），索福克勒斯语言的丰富性被展开了，从而揭示了角色的语言中他们自己尚未意识到的意涵，向观众们展示了语词是如何比人们意识到

[①] 戏剧反讽性在词典中的解释在现代主义的批评中与在传统的解读中同样常见，"观众看来显而易见的东西，戏剧的参与者却无法知晓"，Segal 1995: 162；"只有对于观众而言，文本的语言可能是在多方面以及所有矛盾的每一层面上都是透明的"，Vernant and Vidal-Naquet 1981: 18。

的意味着更多。然而现在我同样希望讨论回到更为细微不易察觉之处，即回到"必然会失败"的这一觉悟上。索福克勒斯不断认识到人类对 lusis 修辞的错位的确定性，这应当在讨论中得到阐释。①

这里有两条相互交错的线索出现在这个"解脱"（undoing）的词汇中。一方面，我将考察索福克勒斯是如何进行反讽的：他鼓励对词语进行不确定、不稳定的理解，这些术语构成了戏剧反讽的标准模式，例如"我们""知道""了解""再次"。另一方面，我将要探究索福克勒斯的讽刺语言中危险的日常性。luo 与 lusis 是正常的、并不特殊的词语，它们出现在从荷马到古典时期及其之后时期的诗句与散文中。② 接下来，我（精挑细选）的四个例子将会明显是偶然或功能性的评论、套话或标准的短语——所有这些表达的形式看起来都不需要太仔细的关注：日常的词语。③ 然而，索福克勒斯有一种不可思议的能力来暗示这些日常语言中潜藏的恐怖，这些词汇中蕴含的预言性甚至因果性力量。不过我用"暗示"这个词是经过反复考虑的。从这些阅读中浮现的问题不仅仅是"这里有反讽吗？"，而是"我们能理解多少这里的反讽？"以及"我们多么确信我们在原因与原

---

① 尽管浪漫主义的反讽有其自己的形态，de Man 1996 对当代反讽的讨论影响颇大。为了回应美国古典学会一个匿名评论者做出的总的来说十分有益的评论，我希望适当强调我这里论据的演进，即复原反讽分析的演进。
② luô 当然是现代学习希腊动词最常见的例子；我们可以说"解脱"一词的动词顺序是我们学习希腊语的基础。
③ 参见 Easterling 1999 对索福克勒斯"日常语词"的复杂性的分析。

因的界限上?"。通过这样的方式,索福克勒斯转变了读者(评论家、观众)对高人一等和受约束的知识的幻想。这些闪现的反讽的例子将读者置于比原来的戏剧反讽模式远令人不适的位置。因此,我四个例证中的每一个都将讨论我们解读索福克勒斯反讽的限度。

我的第一个例子是最为受限的例子,它关乎《僭主俄狄浦斯》中ὄπου这个词。《僭主俄狄浦斯》是索福克勒斯戏剧反讽意味最为成熟的经典例证(*locus classicus*),而关于这部剧的大量分析都根据观众超越的视觉,由此突出中心人物追寻知识时所宣称的对知识的把握。中心词语 *oida*,"我知道",一方面引入了视觉的主题——词源学上的意思是"我已经看见"——这个主题随着瞎眼的先知特瑞西阿斯(Teiresias)拥有真知已完全展开,而俄狄浦斯在得知身份真相后最终刺瞎了自己;在另一方面,*oida* 与俄狄浦斯自己的名字(Oedipus)在多重意义上相呼应,这表明了"知道(在哪)"是俄狄浦斯整个言辞的中心。这部剧不断地暗示,恰恰在你对关于自己的认识有了一种优越感时,你便处于最脆弱的时刻去自我欺骗以及做出自我毁灭的决断。"看"与错误的知识相连(正如我们看到的俄狄浦斯的悲剧);这部剧显示俄狄浦斯,这个寻求知识与掌控力的人,在关于自己的最基本的知识上失败了,他为所有追求知识的读者提供了一个范例。俄狄浦斯向我们展现出一个在三岔路口以为知道自己所在之处的人,他还对每个人提出了挑战,这挑战便是认识到生命之路的不确定性，我们所去往的方向的不确定性（Segal: 1981: 207-48; Goldhill: 1986: 199-221）。

在这个熟悉的对《僭主俄狄浦斯》的大致解读中，我想简要回到信使的入场，他的到来显然是回应伊奥卡斯特的祈祷（924-26，参见第134-136页的讨论）。他所问的问题是预料之中的简单的开场问题——宫殿在哪里，我要传达信息的那位统治者在哪里？——然后对这些问题灌注了预料之外的意义，这个一部分得益于诗律的安排，将两行诗的结尾都以 ὅπου 结束，"哪里"；一部分得益于 ὅπου 与 Οἰδίπου 的重韵；一部分也得益于剧作对知道 μάθοιμ'/κάτισθ 一词以及"俄狄浦斯"一词的文字游戏，它强调了知识的作用与国王名字的词源学信息相关联。信使的到来非常适时地立即成为反讽，在这适当的时间，信使的消息成为对伊奥卡斯特祈祷的回答，而索福克勒斯使他的语言，同样是简单的问题，变为了十分反讽的、主题丰富的、非常有计划性的一次言谈。这些诗行有力地促使我们在 ὅπου 一词中听到一个意味深长且混乱的反讽，甚至在国王的名字中也不例外。对于俄狄浦斯而言，"知道在哪"是他一生最关键的谜题。

但是这是否意味着我们在这部戏的后面部分也应该以一种反讽的暗示来理解 ὅπου 呢？是否"在哪"成为反讽的一个标志？当第二信使（*exangelos*）讲到俄狄浦斯尖叫着从屋里冲出来时，他描述这个国王要寻找

（1256—57）：

> μητρῷαν δ' ὅπου
> κίχοι διπλῆν ἄρουραν οὗ τε καὶ τέκνων.

> 哪里他有可能找到
> 这双重的母亲的犁沟，生了他又生了他的孩子。

这个描述当然是层层累加的。"双重"（*diplên*）提醒我们伊奥卡斯特担心词语拥有"双重"力量，现在又加上了她作为妻子/母亲的恐怖的双重性身份，这些担心都在信使早前的问题中埋下伏笔（参见第134-136页的讨论）。"犁沟"（*arouran*）令人回想起婚礼的语言，这里则是最大的僭越。甚至 te kai "既/又"与紧随的 *teknon* "孩子"和 *tekoi* "分娩"（1250）两个重复的词语相呼应。那么，*hopou* 呢？俄狄浦斯只是在找伊奥卡斯特呢，还是他的语词与信使的多重含义相呼应？现在他知道了，便挣扎着要澄清"妻子不是妻子"的处境，是否"在哪"这个词召唤起戏剧中所有令人紧张之处？"在哪"这个词语究竟可以多么明显？因此，当俄狄浦斯乞求克瑞昂放逐他时（1436—37）：

> ῥῖψόν με γῆς ἐκ τῆσδ' ὅσον τάχισθ', ὅπου
> θνητῶν φανοῦμαι μηδενὸς προσήγορος.

尽快把我流放出这片土地吧,流放到那
我没有人与之对话的地方。

正如在信使的开场白（924/926）以及在第二信使的叙述（1256）中，*hopou* 出现在长短格诗行的末尾。这是一个十分奇怪的位置，尤其有如此强的跨行连续，尽管相较于其他悲剧作家，这对索福克勒斯也不算太奇怪。① 俄狄浦斯

---

① 在《安提戈涅》318 行和《埃阿斯》103 行中，诗行的最后一个词产生了紧张的交锋。同样参见《特拉基斯少女》40 行，以及《菲罗克忒忒斯》443 行。索福克勒斯比埃斯库罗斯或欧里庇得斯在长短格诗行使用连词尤其 ὅτι 方面更为自由。在索福克勒斯现存的七部剧中，至少有 50 个这样的例子。《菲罗克忒忒斯》中 263 行或 312 行（或《俄狄浦斯在克罗诺斯》14、17、495 行）的跨行连续尤为突出。相较而言，在埃斯库罗斯现存的六部戏剧中，只有两个这样的例子:《阿伽门农》1371 行，困惑的歌队使用了这样别扭的表达，其戏剧效果是很清楚的；而在《奠酒人》98 行，埃斯库罗斯使用了 ὅτι。在欧里庇得斯现存的十七部剧作中，只有 11 个这样将连词放在非押韵诗行末尾的例子，并且他从来没有像索福克勒斯这样大胆过。ὅπως 出现于《美狄亚》（*Medea*）332 行、《赫拉克勒斯》（*Heraclidae*）420 行、《特洛亚妇女》（*Troades*）1008 行、《腓尼基少女》（*Phoenissae*）1318 行、《伊菲革涅在奥利斯》（*Iphigenia at Aulis*）156 行；ὅταν 出现在《赫拉克勒斯》77 行、《特洛亚妇女》880 行和 1236 行；ὅτι 出现在《美狄亚》560 行、《腓尼基少女》1617 行。ὅπου 的单独例子出现在 οὐ γάρ ἐσθ'ὅπου 短语中（《赫拉克利特》186 行），这不像索福克勒斯使用的那么刺耳。其他有力的跨行连接在欧里庇得斯剧中也很少见。事实上《被缚的普罗米修斯》（*Prometheus Vinctus*）一部剧就有一个这样的例子（61, 259, 322, 328, 377, 384, 463, 725, 793, 839 以及 951），其中有六次使用 ἵνα，由此证据我认为这部剧是埃斯库罗斯死后才完成的。参见 Griffith 1977: 96 中的讨论与书目。索福克勒斯的诗律创作就像他的场景创作一样，都远比同代的剧作家要新潮、更具有实验性，尽管这并未被纳入"激进的悲剧"的讨论。

想为他自己找到一个地方，一个超越语言、超越与人交流（προσήγορος）的地方。同样，我们在这里或许会问 hopou 影射了什么。对我而言，一方面合理的说法是，《僭主俄狄浦斯》（在所有戏剧之中）促进了人们对语言强烈而多疑的注意，并且进一步使人意识到"在哪里"是本剧的中心主题；另一方面同样合理的说法是 hopou "在哪"可以沦为不显眼的词语：hopou mê，进而最终是索福克勒斯剧中极端令人熟悉的惯用语，如同其他地方的语词一样，都希望从与人的密切接触中被移除。换言之，即便我们同意 hopou 是《僭主俄狄浦斯》的主题性关注，我们或许也不会认为每一次所使用的空间词汇都承担了主题的重量。或者说，我们也可能会在"每一个空间词汇是如何显得承载着主题"这个问题上发生分歧。俄狄浦斯使用 hopou 究竟有多么平常？一位读者的评判并不是语法的评判，而是你认为这一用法有多么具有讽刺性，以及这一评判是多么精确地由"在哪里"这个最简单的词所引起。或者问题是：在《僭主俄狄浦斯》中，语言究竟可以多么平常？

《僭主俄狄浦斯》不仅将知识的不确定性戏剧化了，而且通过显露最日常的词汇的不稳定性，进而要求观众表现这样的不确定性。我们不大能知道在这个经典例证（locus classicus）中我们在哪……

与知道（knowing）相同的还有认识/学习（learning）。我的第二个例子是《特拉基斯少女》中的 διδάσκειν。我已经提到过信使的到来（前文第 138–139 页）。他的简单的开场白是,"女王得阿涅拉,我将是第一个来解脱你恐惧的人"(180-81),结果他说了远未曾预料的事。这部分是因为错误允诺了"解脱恐惧"的主题性意义,在这里 luein 与恐惧成为这部悲剧的主题性的重要词汇;另一部分是因为信使将他自己描述为预料即将到来之事的"第一个信使"。在这部悲剧中事实上有其他好几个信使(Kraus 1991)。利卡斯从赫拉克勒斯处而来,许罗斯(Hyllus)给他母亲带回了赫拉克勒斯死亡的消息;保姆带来了得阿涅拉死亡的故事。利卡斯的谎言(以及这些谎言的暴露)使我们意识到信使的力量与动机。许罗斯向得阿涅拉讲述的故事使她自杀。得阿涅拉的自杀由照顾她的陪伴人讲述,十分感人。语词的力量与意义在这部剧中发挥着重要作用,并必然构建了这一讨论的框架。

当许罗斯进来时,他的第一行话语显得尽可能的镇静与功能化。他的母亲告诉他,保姆,那个奴隶,说出了一条有益的建议,就像个自由女人一样;然后他回答道(64):

ποῖον; δίδαξον, μῆτερ, εἰ διδακτά μοι.

那是什么?教我,母亲,如果它可以教给我的话。

短语 δίδαξον εἰ διδακτά 是一个非常熟悉的程式性语言("告诉我,如果可以说的话"),这正与本剧后面歌队的话相呼应：δίδαξον εἰ διδακόν，"教我，如果可以教的话"（671）。祈使动词 δίδαξον 在本剧其他地方也出现过（233、394），得阿涅拉向利卡斯询问赫拉克勒斯的消息时，以及利卡斯询问得阿涅拉他应该把她的什么话带给赫拉克勒斯时，均用的这个词。而 didaskei 的强化形式 ekdidaskein 表示"完全教给"或更常见地在被动形式中表示"完全知道""真的知道"，这同样成为年轻许罗斯的困难言辞的特定标志。许罗斯的话语使他母亲自杀了，而这个男孩最后知道了人头马怪牵连其中的真相，在他母亲的尸体边痛苦哭泣：ὅψ᾽ἐκδιδαχθείς（934），"他完全知道得太晚了"。这个短语似乎不仅捕捉到了许罗斯的命运，而且捕捉到了赫拉克勒斯与得阿涅拉的命运"'发现'是这部剧的主题"（Easterling 1982: 93 ad 143），正如这部剧的第一行诗句（讽刺性地）交代的。的确，这是索福克勒斯许多角色的问题：局部真知的毁灭性力量以及迟来的完全理解。

　　许罗斯的教育在他遇到父亲时继续着，他父亲让他发誓遵从他，然后要求他首先在奥埃托（Oeta）山的柴堆上点燃他的身体[尽管许罗斯请求不要让他亲自点火（1210-16）]，然后迎娶他的情妇伊奥勒（Iole）。许罗斯被深深地震惊了。他的父亲要求他遵从，并且提醒他做父亲要求的事是公正的（1244）。许罗斯激动地反问道（1245）：

ἀλλ᾽ ἐκδιδαχθῶ δῆτα δυσσεβεῖν, πάτερ;

> 那么我真的被教导去做一件不虔诚的事吗，父亲？

许罗斯在这部剧里从他的经历中学到了什么还有待追问。

然而，他的第一个要求，即"教我……如果可以教的话"，从纯粹功能性语言的角度而言或许比第一次出现时显得简单一些；但或许就是它揭示了许罗斯言辞中最迫切的问题。即便如此，在什么时候一位观众才开始在这个正常的词汇中可以听到强化的含义呢？当歌队使用同样的短语时，它真的能避免许罗斯言辞中的危险吗？许罗斯关于不虔敬（1245: *ekdidachthô dêta*）绝望地质问父亲或许有力地回应了保姆认为他愚蠢的这一结论（934: *ops' ekdidachtheis*），但是这是否倒过去为歌队的礼貌性问题（671）赋予了意味？《僭主俄狄浦斯》中 ὅπου 的例子显示，这里的问题是，信使讽刺性的语言是否以及在何种程度上影响了之后这一词语的使用；《特拉基斯少女》中 διδάσκειν 的例子显示，这里的问题是，这一词语最早的用法是否以及在何种程度上成为后面反讽性用法的预示。对我而言，似乎索福克勒斯的戏剧在许罗斯入场时就为令人不快的讽刺的出现展开了可能性；不过究竟如此显白的使用在多大程度上拥有回溯性（retrospectively）的意义，这非常难以确定。因此观众的不确定性——正如这样，被儿子与母亲日常对话中半明不白的反讽激起，与歌队程式化的语言相呼应。或许。

从半明不白到未被说出。我的第三个例子关注的是安提戈涅的语词中缺乏第一人称复数。《安提戈涅》将不同的共同体观念以及对责任的不同理解之间的张力戏剧化了。这给予"共同"τὸ κοινόν 这个词特别的力量。koinos 在《安提戈涅》中的重要性始于第一行的"丰富的双重性"(fertile duplicity)①。在第一行中,安提戈涅称呼伊斯墨涅为 κοινὸν αὐτάδελφον' Ἰσμήνη κάκα,"共同的血亲,我亲姐姐,亲爱的伊斯墨涅"。koinos 表示"共同"或"分有",可以表示"分有血缘"(亦即"血亲")也可以表示更加政治意味的共同体:"共同体"和"集体利益"。在《安提戈涅》中,这个词被用于强调共同分有波吕涅克斯与艾特奥克勒斯(Eteocles)两人乱伦与兄弟相杀的可怕的家庭政治命运(56–57,147),这根源于他们的共同血缘(201–2)。不过这也同时为政治性问题做了铺垫,即什么才是连接共同体的纽带和责任——什么才是共同的?此外,既连接又分离了克瑞昂与安提戈涅两人的中心问题便是究竟家庭分有的血缘是否要重于一个兄弟对政治共同体的敌意。②

一些评论家同时注意到,尤其在戏剧的一开始,便有"一连串双数……来描绘自然的却令人沮丧的配对——相互杀害的两兄弟,不合的两姐妹,姐姐和死去的弟弟,将死的

---

① 这个短语来自 Steiner 1984: 208。
② 关于这一问题现代政治与批评的含义,参见 Goldhill 2006。关于共同性和索福克勒斯的语言的一般问题,参见 Budelmann 2000 这一卓越著作。

新娘与新郎"。① 什么是共同的变为了什么是两人分有、应该分有或不能分有的问题。这与对数字二和一的重复使用相结合。因此，例如伊斯墨涅表述 δυοῖν ἀδελφοῖν ἐστερήθημεν δύο, μιᾷ θανόντοιν ἡμέρᾳ διπλῇ χερί, "我们两人被两位哥哥撇下，他们同一天在两只手中一同死去"（13–14）。双数的名词和动词与数字"二"还有形容词"二"覆盖了不同的双重图景，与他们结合的"同一天"形成对照。她在不久之后又使用了同样的语词，"两个兄弟在同一天毁灭了彼此，一同悲惨，在共同的厄运中彼此对抗"（55）。再次，双数名词、动词还有形容词与数字、表示共同相互的词汇一同构建了多重的双重性语言。甚至克瑞昂讲到两兄弟之死时也说"在同一天死于双重的命运"（170–71）。

配对与分离、双重与单独的意味在安提戈涅与伊斯墨涅之间以一种令人惊讶的语言学方式呈现出来，这种方式尚未得到评论家们的注意。在开场白中安提戈涅或许以过度"共有"的词语来称呼她的妹妹，但在第一场的最后，姐妹两人却极度并列。当伊斯墨涅试图声明她分有姐姐的僭越时，安提戈涅明确地驳回了伊斯墨涅分有的提法。（539："我没有分有这个"，οὔτ' ἐγὼ 'κοινωσάμην; 546:"你不可能分享我的死亡"，μή μοι θάνῃς σὺ κοινά.）姐妹两人的逐渐分离在安提戈涅有趣的语言习惯中就被预示了。她从来没有用过第一人称复数的动词来指代她与另一个人（总共

---

① Griffith 1999: 121 *ad* 2–3。参见 Segal 1981: 185–86。

只用过一次，是在她最后的长短格诗句中指代她自己），而且她从来没有在任何情况下用过 ἡμεῖς "我们"这个词。当她第一次指代痛苦的伊斯墨涅与她自己的时候，她是以第一人称单数动词来说的 τῶν σῶν τε κἀμῶν... κακῶν，"你的和我的坏事"（6）。克瑞昂的命令是 σοὶ/κἀμοὶ, λέγω γὰρ κἀμέ，"针对你和我——我是说我"（31-32）。波吕涅克斯是 τὸν γοῦν ἐμὸν καὶ τὸν σόν，"事实上我的与你的（哥哥）"（45）。这三对重复"我的与你的"而非"我们的"是她劝说修辞的一部分，但同时也不断预示着姐妹两人从"我们"分离为对立的"我"和"你"。在没有特殊强调的地方，安提戈涅两次在间接的情况下使用 ἐγώ 的双数（νῷν），一次是在她第一次称呼伊斯墨涅的时候（3），另一次是指称"我们两人的"兄弟（21），这是在安提戈涅的开场白中最显明的将姐妹两人拉拢在一起的线索。但是安提戈涅在整部剧不断的孤立中，在她对自己极端负责的表达里，她逐渐地不愿意在词源学上与她的妹妹——或任何人——联盟，作为一对或一组来扮演角色。当她将自己描述为一个在生者与死者间都没有家的侨民（metic）时（850-527），她的表达是 ἐγώ，这构成了一个与她在人间的家庭以及在哈德斯（Hades）的家庭都不在一起的"我们"。

安提戈涅著名的宣言是生来 συμφιλεῖν 而非 συνέχθειν（523），"由责任与义务的交互纽带所连接"而非"由恨所连接"。然而足够讽刺的是，与其他人连接正是令她感到最困难的事。在她的词汇中缺少"我们"似乎表明了这一点。但是一位读者究竟能在关于无言的讨论中有多自信？什么时候一个词语的不在场可以作为讽刺性的匮乏被识别？正如我前两个例子，在对反讽进行脆弱而不确定的识别过程中，解读的暂时性是必要的因素。

我所讨论的这三个例子主要关注的是再次解读（re-reading）：从戏剧的最后返回来认识到原先看似简单事物的完整意涵。然而，索福克勒斯如何对待返回的行动？我的最后一个关于讽刺的不确定边界的例子是《菲罗克忒忒斯》中的一个简单词汇，这个词意味着"返回"的动作。当尼奥普托列墨斯跑回舞台要"消除我所有之前的错误"时，奥德修斯跟着他（1224）。奥德修斯问（1222-23）：

οὐκ ἂν φράσειας ἥντιν' αὖ παλίντροπος
κέλευθον ἕρπεις ὧδε σὺν σπουδῇ ταχύς;

你不告诉我，你要返回去做什么，
如此热切与行色匆匆？

这是索福克勒斯戏剧写作法中功能性语言蕴含丰富信息的绝佳例子。首先，奥德修斯提问时十分礼貌地使用了 *an* 和祈使语气表明他的控制：担心、礼貌、热切地要说服，但还没有威胁或恐吓尼奥普托列墨斯。其次，这两行诗向观众（和演员）表明，尼奥普托列墨斯并没有迟疑地返回到菲罗克忒忒斯那里，而是行动得既决绝（σπουδη）又快速（ταχύς）。这与他在之前漫长的场景中总迟疑要做什么形成对比。最后，这个问题本身表明奥德修斯并不知道尼奥普托列墨斯要做什么，这就一方面为即将到来的辩论做出铺垫，另一方面表明了两人关系的破裂，他们的关系快速转变，奥德修斯需要反过来跟着男孩了。αὖ "再次"，通常与 πάλιν（返回）相连，但这里同时特别地表明这次道路的重复与不同：他们再次在船与洞穴中行走，但这一次奥德修斯害怕了，行动意图改变了。

但是我希望集中讨论的词是 palintropos，我将其与 ἕρπεις 一起译为 "返回"，但意思却是 "再次回去""往回走"。不像前面三个日常的讽刺例证，这是一个很少见的词语，而在这里被特别地使用。首先，它显示出与 polutropos 相似的歧义，这是《奥德赛》中用于奥德修斯的第一个形容词，也是与英雄紧密相连的词（还有赫尔墨斯，这个善于欺骗的神，他是在荷马史诗中唯一的另一个被称作 polutropos 的角色）。[1] 至少从柏拉图以降都认为，在《奥德赛》中第一行的 polutropos 在 "许多路程" 的意义上意味着 "多次回返"，还在 "非常狡猾" 的意义上意味着 "多次回返"。换言之，-tropos 的引申之义能够同时结合实质上行走与精神态度的含义。κέλευθον，"道路"；ἕρπεις，"你走"；ταχύς，"快速地"，三者都意味着行走的要素。σπουδῇ，"热切地"，这个词在之

---

[1] 关于 polutropos，参见 Pucci 1982; Ellmann 1982; Goldhill 1991:3-5（以及进一步的书目）。

后的对话中同样被提起，表明思维、态度的转变。当然，这里的歧义是重要的（止如在《奥德赛》1.1）：心灵的转变由道路的转变而彰显。

在公元前五世纪，τρόπος 还表示修辞的"方式"或"态度"。在这部剧中，伴随着对不同类型言说的强调，从说谎到尖叫，从预言到错误的信息，奥德修斯同时宣称的是尼奥普托列墨斯口头行为的转变——不再欺骗与算计，而是真诚与暴露。在尼奥普托列墨斯试图（最终失败）劝说菲罗克忒忒斯他所言俱真时，这一预示将会被实现（1267ff）。palintropos 表达了尼奥普托列墨斯从 dolos "诡计"中返回——然而单单通过语词，要重回信任是多么的困难。palintropos 隐含着一个即将出现的问题与叙事：在信任被摧毁后，一个人真的可以挽回吗？

我提及荷马史诗使用 polutropos，并不仅仅是为了语义学上的 -tropos。当舞台上的奥德修斯使用一个词，它听上去与荷马史诗中修饰奥德修斯的一个特殊而重要的词如此相似时，这建立了一种可能的互文解读。① 当然，每

---

① 许多评论家已经讨论过赫拉克利特对索福克勒斯在本剧中语言的影响（有弓箭就有生活）。我在想是否有人听到了 palintonos 的呼应，这是赫拉克利特的重要术语，这里在 palintropos 中，尼奥普托列墨斯要带着弓箭回去。也许有人还会听到巴门尼德斯残篇 6 的呼应，它本身就可能是对赫拉克利特的呼应：πάντων δὲ παλίντροπός ἐστι κέλευθος，"所有的事物，道路都是回返往复的"——摘取自关于人类的困惑的文段。巴门尼德斯对人类的困惑理解为"回返往复的道路"，这正适合尼奥普托列墨斯这里的返回。

一次奥德修斯（或其他荷马的角色）出现在公元前五世纪的舞台上时，他们的形象总是通过继承荷马发挥作用的。奥德修斯在《菲罗克忒忒斯》中需要通过他的荷马范式而被理解。然而对荷马 polutropos 的呼应在此很明显。我们看到奥德修斯对尼奥普托列墨斯劝说能力的第一次崩溃；在这部围绕一位英雄从荒无人烟的孤岛上返回的剧作中，当尼奥普托列墨斯回到菲罗克忒忒斯那里要重新与他商量他的回归时，这是一个转折点，尽管菲罗克忒忒斯坚持 nostos（回到）自己的岛上而拒绝去特洛亚。在荷马史诗中对 polutropos 有计划地使用显示了奥德修斯从漫游中回家是拜其诡计之力所赐。palintropos 在这里，是对 polutropos 的重写，标志着奥德修斯诡计的失败以及回归叙事的新的危机。

palintropos 在之后的对话中同样被提及。奥德修斯问尼奥普托列墨斯"你将采取什么行动？你知道某种恐惧在我心中油然而生"（1231）。尼奥普托列墨斯回答道（1232）：

παρ' οὗπερ ἔλαβον τάδε τὰ τόξ', αὖθις πάλιν...

从我取得这支弓的一刻，全部返回去……

奥德修斯立即打断他说"宙斯啊，你将会说什么呢？"，由此来阻止尼奥普托列墨斯讲完会验证奥德修斯恐惧的话语。

这使得 *authis palin*（全部返回去）被悬置。这句话指出在短语 *au palintropos*（再次返回）的背后不仅仅是返回的旅程，而是还回、赔偿以及对（已经崩溃的）谈话的反转。因此奥德修斯问"怎么可能再次放弃（πάλιν μεθεῖναι）那些你通过我的计划已经得到的东西是正义的？"（1247–48）：*palin* 一词使人想起 *palintropos* 与 *authis palin*，再次强调了"归还"弓箭这个实质性动作，它内在于尼奥普托列墨斯"返回"洞穴的行动之中。

最后，尼奥普托列墨斯与奥德修斯的返回同样促使观众们回到前节的场景中，在那时他们看到尼奥普托列墨斯沉默地站在怒骂的菲罗克忒忒斯面前，向他承认他对愤怒的菲罗克忒忒斯开始抱以怜悯，然而之后就与奥德修斯带着弓箭走掉了。原本看上去是这个年轻人意图冷酷，现在却显得他是在为良心挣扎；我们本来会质疑尼奥普托列墨斯对菲罗克忒忒斯表达的同情有多么真诚，而现在他对奥德修斯的拒绝回溯性地确证了他所表达的情感的真诚。这一返回，尼奥普托列墨斯心意的改变使得观众重新评价他之前的回应。*palintropos* 以及 *palin, au, authis* 这几个重复的词语同样为观众重新审视尼奥普托列墨斯的 *tropos* 做出了铺垫：一个再次解读的信号。

在与尼奥普托列墨斯一同进场时，奥德修斯的言辞，与语义学丰富的信息量相应，显示出这些言辞与其功能的复杂性相匹配：在奥德修斯的语言中，有一种对意义的讽刺过度，这呼应了他之前表面上直白的表达。然而在多大程度上这里提供的解读的深度与诗行的功能性作用间形成张力？要使这一难题变得清晰，则可以考察大卫·格恩（David Grene）在他对这部戏剧最畅销的翻译中是如何处理这一诗行的："你已经回来了，你行色匆匆。你不告诉我为什么吗？"（Greene and Lattimore 1954：242）当然，很难在"你已经回来了"这句完全日常的话中听到 palintropos 的语义学意涵，而结果是很难将这行诗看作功能性语言外的其他什么，它的确是完完全全的日常语言。因此我们或许会问：在匆忙的出场中，究竟有多少讽刺性过度的意义会被注意到？这个意义在讽刺的瞬间又能扩展到什么程度？同样，在识别反讽的脆弱而不确定的过程中，解读的暂时性是必要的因素：这里有多少反讽能被识别到取决于在此时——过程中——的解读里，这个词被掩藏的部分有多少被感知到了，取决于当一个人穿过舞台时，有多少注意力放在了瞬间过去的词汇上。

这四个例子每一个都集中在日常的语言上——"知道""在哪""教导""我们""返回"——而且集中在显而易见的功能性表达上，这种表达在戏剧中的作用首先主要是推动行动的发展。在每个例子中，我们试图追溯反讽性的恐怖，索福克勒斯让这一恐怖出现在日常之中。与那些主宰着悲剧的伟大英雄和宏伟行动相比，表面上细小的、未被注意的日常语词最终揭露了隐藏着的危险、额外的意义，而人物对这些都无从掌控。语词就这样瞬息而过，但正如俄狄浦斯在聚会中发现的，语词从未仅仅瞬息而过。我们要完全理解我们所使用或听到的语言的意义总是太迟。

而我之所以选择这四个例子，是因为它们每个都对主流的悲剧反讽的模式做出了反思，主流的模式是观众处于一个安全而且拥有更多知识的位置。但当"知道"与"教导"成为悲剧性的失效的术语而远非一个安全的认识时，观众的位置的意义以及知识总合性的意义便处于危险之中。再次阅读这个行为，对反讽而言是不可或缺的，被赋予了额外的、煽动性的意义。此外——这是我论证中最重要的一点——每个例子都质疑了识别反讽的能力。我在前文中写道"我们试图追溯反讽性的恐怖……"，因为在探索索福克勒斯反讽技艺的过程中，每一次我们试图追溯反讽时，都会出现不确定性，我们不确定在多大程度上去解读索福克勒斯的语言，在多大程度上能够在悲剧的展开中去认识语言中的反讽。与主流的悲剧反讽模式不同，在这些例子中，观众不能简单将自己看作认知的主体（le sujet qui sait），而是发现自己被牵连于悲剧语言的怀疑、不确定与缝隙之中。正如里尔克（Rilke）所写（1948, 2: 308），"我们栖息在里面"。如同索福克勒斯的演员，每个读者都会面对究竟能走多深入的问题。①

---

① 对《僭主俄狄浦斯》264 行的评注似乎影射了很难界定反讽的边界：αἱ τοιαῦται οὐχ ἔχονται μὲν τοῦ σεμνοῦ, κινητικαὶ δέ εἰσι τοῦ θεάτρου. αἷς καὶ πλεονάζει Εὐριπίδης, ὁ δὲ Σοφοκλῆς πρὸς βραχὺ μόνον ἅπτεται πρὸς τὸ κινῆσαι τὸ θέατρον. 在评注中有一些评论谈到了反讽（谈论的方式多样）——《僭主俄狄浦斯》34、132、137、141、372、928 与 1183 行——但反讽似乎在认识到的不安中走得更远——在反讽中有可能缺乏的严肃，这或许依然感人——认识到欧里庇得斯比索福克勒斯走得更远。

然而，最困难的问题还是我们如何能够将人类企图掌控言辞却失败的这一系统性图景与更令人紧张、飘忽不定的不确定性相结合。我们应该如何调解对反讽性的感知与对可能的反讽性的不确定感知；如何调解作为认知主体（le sujet qui sait）的观众与意识到其知识不易捕捉（glissement）的观众？我们对"潜在反讽"的有限例证所追踪到的不可捉摸与不稳定性是建构还是削弱了我们对 lusis 的系统性理解？或者说，是否那些有限的例证就应该被看作是一种例外，其本身并没有在根本上影响"解脱"的主旋律？

在当今对悲剧的批评讨论中，关于意义的开放性以及悲剧的矛盾性问题有着激烈的争论，虽然这争论并非总能清晰地进行。反讽（不可避免地）将不稳定性引入了讨论——因为说出的总另有深意——批评的解读就囊括了对这种不稳定性的讨论。这种讨论可以有非常不同的侧重——例如强调贯通，或恰恰相反，强调贯通中的断裂。然而，仅仅关注不稳定性、不确定性与怀疑的解读是不足以涵盖戏剧的政治和规范力量的，正如一个仅仅关注意识形态表达或信息陈述的解读也是不足以涵盖该剧话语不易察觉的一面并对之做出回应的。我在本篇论文中希望说明的是，首先索福克勒斯十分关注人类缺乏对言辞与语言的掌控，他还关注自我欺骗的结构，这些结构表明了为了实现这种不确定性而付出的错位的努力。然而，其次，在索福克勒斯的文本中，这种由反讽引入的不稳定性本身就构成了文学解读不一致的可能性条件——这种解读的不一致即是，所有的解决方案永远都是暂时的：οὐδ' ἔχει λύσιν。

然而，*lusis* 语言表明的掌控力的缺乏以及对观众理解戏剧的安全感形成的挑战，这两者都需要在政治的维度内去理解。观众是雅典民主核心的、不可或缺的要素——他们有投票的特权，是公民的主体。[1] 民主政体依赖于其公民对辩论的倾听、判断与决策；依赖于他们在做出决断时的讨论与对事件发展的预测。悲剧是这样一种习俗，在这种习俗中，这些过程的可靠性被最为连续地审查了。舞台上的观众在理解上一次次地犯错，决策不断地出现漏洞，然后最终被歪曲；在剧场里的观众不仅对舞台上呈现的事物感到敬畏、在感情中被征服，他们还同样在戏剧的暗示中发现自己言辞的不确定性。悲剧是如何政治化的，这已经成为当代学术界最热门的一个争论。我认为，遍寻悲剧文本中是否有同政治政策或诸如内政、外交的具体问题直接相关的使用，是不会发现对民主制最深刻的质疑的。悲剧的政治性反而应该在对民主原则的基本因素的严格考察中被发现：责任、义务、男性、决策、自我控

---

[1] 关于民主制下的观众，参见例如 Ober 1989; Lanni 1997（Lanni 2006 为其增加了背景介绍）; Sinclair 1988; Hansen 1991; Boegehold and Scafuro, eds. 1994; Finley 1983; Ober and Hedrick eds. 1996; Cartledge, Millett and Todd, eds, 1990; Meier 1990; Loraux 1981 and Hesk 2000——以上每本著作都有进一步的书目。关于剧场中的观众，参见 McGlew 2002; Henderson 1991; Goldhill 1994, 1997, and 2000，Goldhill 2000 被 Nightingale 2004 批评性地讨论过，Nightingale 对 theoria 的意义给出了不同的文本背景。参见最近的 Revermann 2006。关于悲剧的观众，可以有很长的书目列表：关于观众研究著作的两个典型的版本请参见 Orgel 1975 与 Thomas 2002.

制等等。就我已讨论的索福克勒斯的反讽性而言，角色不能稳定地预测以及理解他们自己的言辞、观众不能稳定地完全理解展现在他们面前的反讽语言，这两者成为剧场中观众自我面相的镜子——这面镜子为观众作为需要决断与评判的公民这一政治角色，提供了一个令人不安的图景。悲剧向自己发问。索福克勒斯的讽刺性悲剧对公元前五世纪民主制的自信的自我提出了一个痛苦的问题。在公元前五世纪如此启蒙的时代，尤其在决策饥渴的民主制时代，人们关心的是提供答案，而索福克勒斯一次又一次地提醒他的观众，在人类的世界中，牢固的解决答案很难找到：οὐδ' ἔχει λύσιν（解脱无望）。

参考文献

Boegehold, A. and Scafuro, A., eds. *Athenian Identity and Civic Ideology.* Baltimore, Md.; London: Johns Hopkins University Press, 1994.

Bollack, J. *L'Oedipe Roi De Sophocle: Le texte et ses Intrepretations.* III vols. Villenveve d'Ascq, France: Presses Universitaires de Lille, 1991.

Budelmann, F. *The Language of Sophocles: Communality, Communication and Involvement.* Cambridge: Cambridge University Press, 2000.

Bushnell, R. *Prophesying Tragedy: Sign and Voice in Sophocles' Theban Plays.* Ithaca, New York: Cornell University Press, 1988.

Calder, W. M. III. "The End of Sophocles' *Electra.*" *GRBS* 4 (2005):

213–16.

Campbell, L. *Sophocles*. Vol. 2, Oxford: Clarendon Press, 1881.

Cartledge, P. , Millett, P. and Todd, S. , eds. *Nomos: Essays on Athenian Law, Politics and Society*. Cambridge: Cambridge University Press, 1990.

de Man, P. "The Concept of Irony." In *The Aesthetic Ideology*. ed., by de Man P., 163–84. Minneapolis: University of Minnesota Press, 1996.

de Paulo C. , Messina, P. and Stier, M., eds. *Ambiguity in the Western Mind*. New York: Peter Lang, 1995.

Easterling, P. E., *Sophocles*. Trachiniae. Cambridge: Cambridge University Press, 1982.

———. ed. *The Cambridge Companion to Greek Tragedy*. Cambridge: Cambridge University Press, 1997.

———. "The Death of Oedipus: What Happened Next." In *Dionysalexandros: Essays on Aeschylus and His Fellow Tragedians in Honour of Alexander F. Garvie*. eds., by Cairns, D. and Liapis, V. 133–50. Swansea: The Classical Press of Wales, 2007.

Ellman, M. "Polytropic Man: Paternity, Identity, and Naming in *The Odyssey* and *A Portrait of the Artist as a Young Man*." In *James Joyce: New Perspectives*. ed. by MacCabe, C. 73–104. Bloomington, IN: Indiana University Press, 1982.

Finglass, P. *Sophocles: Electra*. Cambridge: Cambridge University Press, 2007.

Finley, M. *Politics in the Ancient World*. Cambridge: Cambridge University Press, 1983.

Foley, H. "Tragedy and Democratic Ideology: The Case of Sophocles' *Antigone*." In *History, Tragedy and Theory: Dialogues in Athenian Drama*, ed. by Goff, B. 131–50. Austin: University of Texas Press, 1995.

———. *Female Acts in Greek Tragedy*. Princeton: Princeton University Press, 2001.

Fraenkel, E. *Aeschylus. Agamemnon.* 3 Vols. Oxford: Clarendon Press, 1950.

Goldhill, S. "Two Notes on τέλος and Related Words in the *Oresteia*." *JHS* 104 (1984): 169–76.

———. "Character and Action: Representation and Reading." In *Characterization and Individuality in Greek Literature.* ed., by Pelling, C. 100–27. Oxford: Clarendon Press, 1990.

———. "Exegesis: Oedipus (R) ex." *Arethusa* 17 (1984b): 177–200.

———. *The Poet's Voice: Essays on Poetics and Greek Literature*. Cambridge: Cambridge University Press, 1991.

———. *Reading Greek Tragedy*. Cambridge: Cambridge University Press, 1986.

———. "Representing Democracy: Women at the Great Dionysia." In *Ritual, Finance, Politics: Athenian Democratic Accounts Presented to David Lewis*, eds. by Osborne, R. and Hornblower, S. Oxford: Cambridge University Press, 1994.

———. "The Audience of Athenian Tragedy." In *The*

Cambridge Companion to Greek Tragedy, ed. by Easterling, P. E. Cambridge: Cambridge University Press, 1997.

———. "Tragic Emotions: The Pettiness of Envy and the Politics of Pitilessness." In *Envy, Spite and Jealousy: The Rivalrous Emotions in Ancient Greece*. eds., by Konstan, D. and Rutter, K. 165–80. Edinburgh: Edinburgh University Press, 2003.

———. *Who Needs Greek? Contests in the Cultural History of Hellenism.* Cambridge: Cambridge University Press, 2002.

———. "Antigone and the Politics of Sisterhood." In *Laughing with Medusa: Classical Myth and Feminist Thought*, eds., by Zajko, V. and Leonard, M. 141–62. Oxford: Oxford University Press, 2006.

Grene, D. and Lattimore, R. eds. *The Complete Greek Tragedies*. 2 vols. Chicago: University of Chicago Press, 1954.

Griffith, M. *The Authenticity of the Prometheus Bound*. Cambridge: Cambridge University Press, 1977.

———. *Sophocles*. Antigone. Cambridge: Cambridge University Press, 1999.

Guay, R. "Tragic Ambiguity in the *Oedipus Tyrannus*." eds., by de Paulo, C., Messina, P. and Stier, M., 34–50, 1995.

Hansen, M. *The Athenian Democracy in the Age of Demosthenes: Structure, Principles, and Ideology*. Translated by Cook, J. A. Oxford: B. Blackwell, 1991.

Heiden, B. *Tragic Rhetoric: An Interpretation of Sophocles' Trachiniae*. New York: P. Lang, 1989.

Henderson, J. "Women and the Athenian Dramatic Festivals. " *TAPA* 121 (1991): 133–47.

Hesk, J. *Deception and Democracy in Classical Athens*. Cambridge: Cambridge University Press, 2000.

King, H. "Bound to Bleed: Artemis and Greek Women. " In *Images of Women in Antiquity*, eds., by Cameron, A. and Kuhrt, A. 109–27. London: Croom Helm, 1983.

———. *Hippocrates' Woman: Reading the Female Body in Ancient Greece*. London: Routledge, 1998.

Kitto, H. *Greek Tragedy: A Literary Study*. 3rd ed. London: Methuen, 1961.

Knox, B. *Oedipus at Thebes*. New Haven: Yale University Press, 1957.

Kraus, C. "Λόγος μὲν ἔστ᾽ ἀρχαῖος: Stories and Story-Telling in Sophocles' *Trachiniae*. " *TAPA* 121 (1991): 75–98.

Lanni, A. *Law and Justice in the Courts of Classical Athens*. Cambridge: Cambridge University Press, 2006.

———. "Spectator Sport or Serious Politics: οἱ περιεστηκτεσ and the Athenian Lawcourts. " *JHS* 117 (1997): 183–89.

Lebeck, A. *The Oresteia: A Study in Language and Structure*. Cambridge: Harvard University Press, 1971.

Lloyd-Jones, H. and Wilson, N. *Sophoclea: Studies on the Text of Sophocles*. Oxford: Clarendon Press, 1990.

Loraux, N. *L' Invention d' Athènes: Histoire de l' oraison funèbre dans la "Cité Classique"*. Paris: Mouton, 1981.

Mantziou, M. "The Palace Door in Sophocles' *Electra*. " In *In Honorem*

Annae Mariae Komorincka, Collectanea Philologica 2, eds., by Rybowska, J. and Witczak, K. 185–95: Lodz, 1985.

March, J. *Sophocles: Electra*. Warminster: Aris and Phillips, 2001.

Markantonatos, A. *Oedipus at Colonus: Sophocles, Athens and the World*. Berlin: Walter de Gruyter, 2007.

McGlew, J. *Citizens on Stage: Comedy and Political Culture in the Athenian Democracy*. Ann Arbor: University of Michigan Press, 2002.

Meier, C. *The Greek Discovery of Politics*. Translated by D. Mclintock. Cambridge: Harvard University Press, 1990.

Nussbaum, M. *The Fragility of Goodness: Luck and Ethics in Greek Tragedy and Philosophy*. Cambridge: Cambridge University Press, 1986.

Nightingale, A. *Spectacles ot Truth in Classical Greek Philosophy: Theoria in its Cultural Context*. Cambridge: Cambridge University Press, 2004

Ober, J. *Mass and Elite in Democratic Athens: Rhetoric, Ideology and the Power of the People*. Princeton: Princeton University Press, 1989.

Ober, J. and Hedrick, C., eds. *Demokratia: A Conversation on Democracies, Ancient and Modern*. Princeton: Princeton University Press, 1996.

Orgel, S. *The Illusion of Power: Political Theatre in the English Renaissance*. Berkeley: University of California Press, 1975.

Osborne, R. and Hornblower, S., eds. *Ritual, Finance' Politics: Athenian Democratic Accounts Presented to David Lewis*. Oxford: Oxford University Press, 1994.

Pucci, P. "The *Proem of the Odyssey*." *Arethusa* 15（1982）: 39–62.

———. *Sofocle*. Rome: Fondazione Lorenzo Valla, 2003.

Reinhardt, K. *Sophocles*. Translated by H. Harvey and D. Harvey. Oxford: Blackwell, 1979.

Revermann, M. "The Competence of Audiences in Fifth-and Fourth-Century Athens." *JHS* 126（2006）: 99–124.

Rilke, R. M. *Letters of Rainer Maria Rilke, Vol. 2 1910–1926*. Translated by J. Greene and M. Herter Norton. New York: W. W. Norton, 1948.

Rohde, E. *Psyche*. Translated by W. Hillis. New York: Harcourt, Brace, 1925.

Rutter, K. and Sparkes, B., eds. *Word and Image in Ancient Greece*. Edinburgh: Edinburgh University Press, 2000.

Segal, C. *Tragedy and Civilization: An Interpretation of Sophocles*. Cambridge: Harvard University Press, 1981.

———. *Sophocles' Tragic World: Divinity, Nature, Society*. Cambridge: Harvard University Press, 1995.

Sinclair, R. *Democracy and Participation in Athens*. Cambridge: Cambridge University Press, 1988.

Sourvinou-Inwood, C. "Assumptions and the Creation of Meaning: Reading Sophocles' *Antigone*." *JHS* 109（1989）: 134–48.

———. "Sophocles' Antigone as a Bad Woman." In *Writing Women into History*, eds. by Dietren, F. and Kloeck, E. Amsterdam: Historisch Seminarium van de Universiteit van Amsterdam, 1990.

Steiner, G. *Antigones*. Oxford: Clarendon Press, 1984.

Stinton, T. "Notes on Greek Tragedy I." *JHS* 96（1976）: 121-45.

Taplin, O. "Significant Actions in Sophocles' *Philoctetes*." *GRBS* 12（1971）: 25-44.

Thomas, D. *Aesthetics of Opera in the Ancien Régime 1646-1785*. Cambridge: Cambridge University Press, 2002.

Thomson, G. "Mystical Allusion in the *Oresteia*." *JHS* 55（1935）: 20-34.

Tierney, M. "The Mysteries and the *Oresteia*." *JHS* 37（1937）: 11-24.

Vernant, J. -P. and Vidal-Naquet, P., eds. *Myth and Tragedy in Ancient Greece*. Cambridge, MA: MIT Press, 1981.

Wilson, J. *The Hero and the City: An Interpretation of Sophocles' Oedipus at Colonus*. Ann Arbor: University of Michigan Press, 1997.

Winnington-Ingram, R. *Sophocles: An Interpretation*. Cambridge: Cambridge Univeristy Press, 1980.

Zeitlin, F. "The Motif of the Corrupted Sacrifice in Aeschylus' *Oresteia*." *TAPA* 101（1965）: 645-69.

译后记

埃斯库罗斯的三连剧《奥瑞斯提亚》是古希腊悲剧的奠基之作,而且自现代以来从马克思、尼采到女性主义,这个文本一直受到西方思想界的高度重视,堪称西方文化中"经典的经典"。但"埃斯库罗斯晦涩困难的希腊语"使得对此剧本进行阅读解释相当不易。西方学界传统的主流解释认为,《奥瑞斯提亚》追溯了作为复仇的 *dikē* 向作为法律正义的 *dikē* 转变的过程,因此《奥瑞斯提亚》提供了法律制度的起源神话,提供了从悲剧冲突转向和谐社会秩序的解决方案。但戈德希尔教授认为,这种"标准解读"(以基托、科纳彻等为代表)大大忽视了埃斯库罗斯语言的复杂性和含混性,例如 *dikē* 的语言远比标准解读所揭示的要更复杂更模糊,"*dikē* 的语言不能纯粹地被理解为从家族复仇向法律转变"。在这本篇幅很小的著作中,戈德希尔教授以古典语文学的方式揭示剧中 *dikē* 以及 *telos* 等语词的复杂性和含混性,提出了与"标准解读"不同的解读,认为"此剧的结束并不是法律正义制度作为一种力量来解决问题;此剧的终结是女神的劝说与 *polis* 的赞颂。并不是法律程序本身释放了《奥瑞斯提亚》的张力"。我相信,这本小书不仅会引起初涉古希腊悲剧的普通读者的兴趣，也会对相关学者在古希腊悲剧的研究和教学方面有所助益。为了使读者更好地了解英国古典学家研究古希腊悲剧的路径，我同时翻译了作者另一篇以语言分析见长的文章"索福克勒斯戏剧中的解脱：Lusis 与对反讽的分析"作为附录，与读者共享。

在翻译方面，我希望尽量同时照顾普通读者以及古希腊研究学者的阅读需求，一方面用括号标注了所有的人名、地名以及专业词汇的英文原文，以避免翻译名称不统一而造成的不便；另一方面，在第二章作者更深入地讨论英文对希腊文的翻译问题时，我也在关键地方以括号标明了作者所使用的英文原文，以便于学者更好地理解作者对"埃斯库罗斯晦涩困难的希腊语"的解读。

最后，我要特别感谢我的两位恩师：甘阳教授与戈德希尔教授。我进入古典学研究领域，是与甘阳老师及其创办的中山大学博雅学院分不开的。正是在博雅学院，我从大一就开始学习古希腊语和拉丁语，虽然当时只是觉得好玩和奇妙。直到大四，我在甘阳老师亲自指导下写作了本科毕业论文"地生人：神话、政治、哲学——雅典起源神话初探"，初步进入了古希腊研究领域，至今仍记得甘老师严格要求我一遍一遍反复修改论文（写了七稿才定稿）。但我真正开始认真研读古希腊悲剧，已经是在读研究生时甘阳老师开设的"古希腊悲剧研讨班"上。正是在这门课上，我阅读了戈德希尔教授的 *Reading Greek Tragedy* 等著作，并开始翻译这本小书。当时何曾想到，日后我进入剑桥大学古典学系读博，导师正是戈德希尔教授！在戈德希尔教授的悉心指导下，我在剑桥读博第一年顺利通过了博士候选人资格，从而有时间开始修订这个译本。在修订翻译的过程中，我常常感到，与千回百转意味深长的中国古典文学相比，古希腊悲剧有着完全不同且让人难以琢磨的呈现方式。古希腊的文学思维与中国的文学思维如此不同，除非深入希腊文原文本身，否则很难体味古希腊悲剧的真正妙处。但另一方面，戈德希尔教授这本小书却又恰恰表明，最好的学术写作应该能同时为专业同行与普通读者所欣赏。如果古典学研究只是专家为专家写作，那无异于扼杀古典著作在当代的鲜活生命力。愿这个中译本的出版如戈德希尔教授所期待的，"能使新的读者开启他们与埃斯库罗斯也许漫长但却馥郁的邂逅"。

颜荻

2017 年 2 月 14 日　于剑桥

此次重印，根据较为通行的中文译本，将"伊莱克特拉"（Electra）改为"埃勒克特拉"，"得洛斯岛"改为"提洛岛"，并订正了其他一些错误。

2025 年 2 月 28 日